绿风文丛

林贤治　主编

野菜清香

王元涛＿＿＿著

南方出版传媒
花城出版社
中国·广州

图书在版编目（ＣＩＰ）数据

野菜清香 / 王元涛著. -- 广州 ：花城出版社，
2020.3（2021.4重印）
（绿风文丛 / 林贤治主编）
ISBN 978-7-5360-8949-5

Ⅰ．①野… Ⅱ．①王… Ⅲ．①随笔－作品集－中国－
当代 Ⅳ．①I267.1

中国版本图书馆CIP数据核字(2019)第142619号

出 版 人：肖延兵
策划编辑：张　懿
责任编辑：林　菁　邹蔚昀
技术编辑：凌春梅
装帧设计：林露茜
内文插画：曲　展

书　　名　野菜清香
　　　　　YECAI QINGXIANG
出版发行　花城出版社
　　　　　（广州市环市东路水荫路 11 号）
经　　销　全国新华书店
印　　刷　北京一鑫印务有限责任公司
　　　　　（北京市顺义区北务镇政府西 200 米）
开　　本　880 毫米×1230 毫米　32 开
印　　张　9.25　12 插页
字　　数　208,000 字
版　　次　2020 年 3 月第 1 版　2021 年 4 月第 2 次印刷
定　　价　45.00 元

如发现印装质量问题，请直接与印刷厂联系调换。
购书热线：020－37604658　37602954
花城出版社网站：http://www.fcph.com.cn

总　序

林贤治

　　一天，到张懿的办公室小坐，见醒目地添了几盆花草，摆放很讲究。座椅后壁，挂了两幅手绘的水彩画，画的仍是花草。深秋的午后，一室之中，遂有了氤氲的春意。因谈花草，转而谈及关于花草的书。她说，坊间的这类书很零散，何不系统地做一套丛书？我表示赞成，她便顺势让我着手做组织的工作。

　　有关花草树木的书，我多有购置。除了科普，随笔类也留意挑选一些识见文笔俱佳者，其中，沈胜衣给我的印象最深。他是东莞人，想不到还是一位地方的农业官员，通过电话联络，隔了几天，他径自开车到出版社来了。人很热情，没有可恶的官场习气，倒有几分儒雅。在赠我的书中，有一套他任职之余编辑的丛刊，名《耕读》，印制精美，可见心魂所系。

　　沈胜衣当日答允为丛书撰稿，归去之后，一并推荐了几位作者。我再邀来朋友桑农和半夏，在花草无言的感召下，很快凑足了这样一套丛书。

　　桑农编选的两种：《不屈的黑麦穗》和《葵和向日葵》，是丛书中的选本；一国外，一国内，都是名家。桑农长期写作书话，是编书的好手。他选的两种书，从植物入，从文学出，是真正的美文。《草莓》的入选尤使我感到欣喜，如遇故人，几十年前读到，至今手上依然留有整篇文字的芳馥，那"十八岁的馨香"。

　　沈胜衣喜读书，也喜抄录，加之注意语言的韵味，所以，笔下的《草木光阴》显得丰茂而雅致。作者置身在草木中，却无时不敏感于生命的流转，时有顾惜之意。忆往，伤逝，作品内含了悲剧中的某种美学意味，所以特别耐看。半夏是杂文家，《我爱本草》取材皆为中药，配以杂文，实在很相宜。鲁迅之所谓杂文，原也同小说一样，目的在于"疗救"，种类颇杂，并非全是匕首投枪式。信笔由之，何妨谈笑，不是"肉麻当有趣"便好。半夏此书，写法上，却近似周作人的一些名物小品，平和，闲适，而别有风趣。许宏泉的《草木皆宾》，取画家的视角，多有画事的掌故琐闻。至于王元涛的《野菜清香》，特色自是写"野"。一般文士喜掉书袋，后者亦不乏此中杂组，但未忘现实人生，夹带了不少历史、社会人文的元素，多出一种经验主义的东西。

　　钱红丽的《植物记》，将日常所见的花草，匀以生活的泥土，勃勃然遂有了一份鲜活、亲和的气息。戴蓉的《草木本心》，比较起来，偏于娴静，有更多的书卷气。这是两种不同的诗意，或许是沈胜衣序中说的"植物型人格"所致吧？论人性，大约男性近于动物，女性近于植物，难怪她们写起花草来，都能深入其"本心"。这两部小品，不妨当作女性作者的自我抒情诗来读。

编辑中，时时想起故乡的花草。它们散漫于山间田野，兀自开落，农人实在少有余暇观赏，倒是有一些药草，正如荒年供人果腹的野菜一样，不时遭到采掘。以微贱之躯，为救治世间穷人，或剁碎为泥，或投身瓦器，我以为精神是高贵的。但是，从野草们的立场看，未必见得如此。人类与草木之间，始终找不到一种共同的语言，想起来，不觉多少有点寂寞。

2018年11月10日

自　序

王元涛

　　关于野菜，台北出版的《台湾好野菜》这样定义："自生于山野，未经人工栽培的可食植物。"同时，它还指出，野菜的历史很古老，原称救荒本草，是饥馑年代的备援物资，而在日本，野菜又是蔬菜的同义词。

　　我不十分清楚"野菜是蔬菜的同义词"怎么理解，反正我知道，在韩国人的日常用语中，根本就直接用"野菜"来称呼一切绿叶蔬菜。世界上大约有四十万种植物，其中三百种可作盘中餐。中国古老的《诗经》提到一百五十二种植物，其中可食用者二十余，但现在大多已退出家养蔬菜行列，重归野菜队伍。

　　美国作家汤姆·斯坦迪奇在《舌尖上的历史》中说，现代人出现于十五万年前，起初以捕动物、采植物为生，一万一千年前开始栽培农作物。如果把十五万年比作一个小时，那么直到最后四分半钟，人类才尝试实践农牧；直到最后一分半钟，农业生产才成为维系人类生存的主要方式。此前的漫长岁月里，野菜一直是人类重要的营养来源。

写野菜，最怕的是见闻不够典故凑，没有亲历体验，东找一个传说、西抄一个轶事，勉强生硬成篇。对此，我会尽量克制，但恐怕也难以免俗。不过有一点，足以体现我的诚意，那就是本书所写野菜，我基本上都吃过，零星没有吃过的，也会在文中有所交代。

同样使用汉语，台湾人的表达怪怪奇奇，有一种特殊吸引人的韵味。《台湾好野菜》还说："我们收集土地甜度的故事，我们敬畏风土的纵深与转化的陈义，我们明白古老的智慧是可敬的灵魂。"这样的目标，也正是本书想要追求的。

序：菁菁者莪

吴铁华

有一段时间，元涛会冷不丁给我发张图片，促我辨认家乡的野菜，我也没有多想。知道的，就直接回复他；有点模糊的，就问还生活在农村的姐姐，依着小时候的发音，囫囵吞枣回复他了事。当时只以为他客居岭南，一定遇到了东北乡亲，席间或酒后谈起他最引以为傲的对故乡田间山野植物的掌故，瞠目鼓舌、言之凿凿、不容分辩、口吐白沫讲各种野菜的采摘和吃法，稍稍有点吃不准的，偷偷找我再认证一下而已。谁知这个春天的一个深夜，他在电话里说，写了一本关于野菜的书，命令我给他作序。

一口气读完，元涛又成了那个初春时节在大旷野深处自由游荡的风中，沉醉于蒸腾的腥甜地气的少年。车前草边的迷惘、大榆树下的沉思，以及神农尝百草般享受乡村生活最高自由度的快乐，对于他，对于我，对于那个年代从农村考学走出来的我们，都是一洞深藏的宝库。年届半百的我们日常酬酢万方，但每当思绪触角偷偷溜回洞内检视一番，发现宝贝还在，就仿佛是一个身陷囹圄的巨盗，纵然失去自由，嘴角依然保留着神秘而甜美的微笑。

近殿欺佛的缘故，我一直没把元涛当成一个学者。高中的时候就很嫉妒他能写，善于文字表达，属于有快感能喊出来、表达精确且能感染人的写手。我认为元涛没有成为除了我们文科一班全体同学景仰之外，全国人民都景仰的作家，就是因为他太正常，对人太好。他把这归之于和父亲作对："在我长大过程中，一直都对交朋友存有不可克制的经营之心。因为唯恐开罪身边任何一个人，所以多数时候会习惯性地顺情说好话，有时还刻意说些违心话讨好人。后来自己反省，我这种表现，应该与对父亲的生活态度和生活方式不满有关系。面对任何一件事情，都要和父亲的反应或者习惯相反，这确实曾经是我给自己设定的一个成长目标。"另一方面，我觉得因为写《我的朋友孔丘》，受儒家思想影响至深，连同少年时的际遇，他隐隐已成一位中和君子。我给他定义属于"周妻何肉"，如今深思如是，看来已经是见龙在田，飞升有日。

我一直想探究，到底是怎样的初衷让他保持着孜孜不倦的格物精神，为弄清楚一个野菜的准确名称而寝食难安。对于野菜，我只停留在土语的名称上，买过一本《植物图鉴》还没来得及对比认识；一直向往陆玑的《毛诗草木鸟兽虫鱼疏》，也还没弄到手，只是百度个大概。在《野菜清香》里，元涛引用了与野菜有关的古今中外35本书籍，让平常不读书的我惊讶得下巴现在还有点不适。

对于野菜，强调并关注其功用的，如绿色有机云云，多半不是土生土长的村里人。虽然元涛对某类野菜"甜在舌尖，甘在舌根"的描述，与洪七公的味觉相伴，令人生疑，但也确是古往今来多少食物采集者对于过手食物经过味蕾存下的珍贵记忆。食物之味与欲歌欲哭的往事紧紧交织在一起，已难于分辨是口舌的感受，还是心灵的弦音。

生于斯长于斯的东北，常常自卑于她文化的粗野。五千年古国文明，分给东北的少之又少。从《诗经》所载，到"莼羹鲈脍"等饮食典故，没一样能和东北搭上边儿。盘旋于黄河长江流域，直至海南的古崖州，无处山川不入诗，无处野径非古迹。我们却除了康熙、乾隆等数得过来的几处遗迹之外，连《罗通扫北》这样的话本故事都不得不拉来凑数。《野菜清香》至少增加了一众食客对东北野生食材的了解，这里有《诗经》的"薤白"（小根蒜）和"莪"（柳蒿），还有《菜根谭》里"藜口苋肠者冰清玉洁"的藜与苋，我们与中原及以南大地的植物有着不小的交集，只是缺乏作者这样拂去粗野文化表面灰尘的巧手而已。

元涛的写作动机，在《野菜之王》里引用了英国作家理查德·梅比的一段话非常精彩："这种觅食方式带有一种充满仪式感的魅力，仿佛食用野生植物能让你感受到祖先的生活，能让你更细腻地体会四季变化，能让你对大自然创造食物的过程有更完整的理解。采摘，是人与大地之间古老关系的再现，是对劳作才能获得食物这一精神的赞颂。"不讨论野生植物是否失去了补充食品的经济价值，对于野菜的眷恋，确实是因为采摘的时刻，实实在在地触碰得到泥土，最大限度地弯得下腰，收敛全部的注意力在寻找在挖掘，心无旁骛，然后领受大地的恩赐。

我和元涛虽生活在同一个县域，但是地理环境不同，他家在西部丘陵，我家在东南部长白山麓的半山区，所以自小接触野菜有所不同。他认为好吃得要命的水芹菜，在我们那里不是最好的饺子馅，我们用大叶芹，又叫山芹菜，长在山上，有一股说不出的清香。我想即使元涛吃过了，也只会记得水芹菜馅的饺子好吃，毕竟，那是高考前一天的美食，然后，就是那个心事重重的乡村少年憋在水下的最后三天。

以前特别喜欢读元涛的北京游记。他在北京四年，把北京藏在深巷群山里的古迹连同有关的正史野趣娓娓写了个遍。搞得我后来游览任何古迹，都有一种冒牌游客的愧疚心理，想着它们蕴含千百年锈迹斑驳的精气神，只配謦给元涛这样的知音。如今又读《野菜清香》，恐怕以后邂逅书里野菜，也很难嚼出自己的滋味了。

目录 contents

1

第一辑

故乡滋味

风中的苣荬菜

故乡遥远是什么概念？就是说，我居然会忘记苣荬菜到底在什么时节发芽。打电话问东北老家的大哥，他说，是大地上苞米出苗的时候。这是乡下人的时间概念。苞米出苗，应该在"五一"过后。可我却模糊记得，苣荬菜要等到初夏才长出来。大哥训斥我："胡说，到夏天，苣荬菜就半人高了，只能喂猪！"

作为野菜，苣荬菜的味道是苦的，但猪也肯吃，证明了专家所言不虚，猪的确是高智商动物。吃得苦中苦，方为人上人，这分明是灵长类独具的机会观念与投资意识。但转念再想，实际上，我们并没有办法了解猪的口感，没准儿，它们比我们更容易在苦中尝出甜来呢。正像专家们说的，如果猪能像狗一样乖，肯接受训练，那么用它们来追踪气味，也许世界上大部分的警犬都要失业了。

另一方面，猪的阔嘴厚舌，可能又不像我们适合接吻的嘴那么敏感，它们未必知道，即使是最嫩的苣荬菜，也长有锋利的锯齿，入口会有微微的刺痛感。但这种刺，只能算植物水准的不驯不服，有时反而会更添生脆，可以充分满足我们口唇的小小征服欲。生存即斗争，这类细小的事情也是这样告诉我们的。

对于挖苣荬菜，记忆最鲜明的，还是初春时节大旷野深处自由游荡的风，以及随地气蒸腾的腥甜气息。我们早已知道，苣荬菜的根，是贴着地皮横长的，因此只要发现一棵，随后就有一大片。性急先长出来的叶片，饱吸阳光，深绿泛红，而新冒尖的嫩芽，则像十七岁的初恋一样清新——写下这个句子时，一个女孩子的面影在我的脑海里依然清晰。她细长的眼睛，像初生的稻叶一样水润；她光洁的额头，总有让人覆手其上的冲动。她是邻家幺女，娇生惯养，从来不干力气活，可是，却总要执拗地跟我们一群半大小子一起去挖苣荬菜。事实上，她不怎么看菜，主要是看我。对这一点，小伙伴们都已发现了端倪。

那时，我正读作家路遥的小说《人生》。和一般人一味痛恨主人公高加林的负心不同，我是命令自己，将来一定要像高加林一样去城里生活。而在进城的路上，会遇到数不清的好女生，我绝对没有把握不再动心。因为我知道，自己和抛弃了巧珍的高加林根本没什么两样。因此，我能做的，就是不可以犯下高加林式的错误，早早地在乡下留个小尾巴。路遥肯定想不到，他那么严肃的一部纯文学作品，会给一个十七岁的乡下少年如此乡愿的启示。

你知道，苣荬菜细细的脉管里，藏有白色的浆液，沾到手上，很快就会变黑，非常不容易洗掉。我们的办法，是到小溪边，用细沙狠命地搓手。邻家幺女可能是怕疼，扎着手发呆不肯洗，小伙伴们就起哄，让我帮她洗。她的眼神分明是允许了的，我却笑着躲开了。表面上，我依旧在和小伙伴们嘻嘻哈哈打打闹闹，可心里有一个小小的角落，比苣荬菜的苦还要苦涩三分。

也许，正像人们常说的，我之所以对苣荬菜念念不忘，并不是因为它有多好吃，而是在吃苣荬菜的时节，我还年轻，年轻到可以毅然决然抛下眼前的一切，年轻到相信自己未来拥有无限的美好与可能。

水芹菜的秘密

　　长到十八岁，我一次都没有吃过水芹菜。至今记得母亲强调绝不准吃水芹菜时的严肃表情，仿佛是在颁布一项重要法律。她给出的理由是，水芹菜有真有假，我们家没谁能分辨清楚，万一吃到假的，会毒死人。

　　母亲口中的假水芹菜，学名叫野芹，也叫毒芹。读书以后我知道，古希腊哲学家苏格拉底被判死刑之后喝的毒药，就以野芹汁为主。但实际上，我很早就跟小伙伴学会了辨别真假水芹菜。初看之下，野芹与水芹长得差不多，可野芹的根部有强烈的臭味，因此分辨起来一点都不难。

　　很多小伙伴的家长在田里做一天活，晚上回家路上会顺手在小溪边薅两把水芹菜，洗一洗，炒一炒，就是一大盘菜，一家人就不必捧着饭碗啃咸菜了。对这样的家长，我一直羡慕得不行。在水芹菜问题上，母亲显得过于谨慎严厉了，这完全不像她平时的性格，对此我一直迷惑不解。

　　很久以后才知道，水芹菜与我家的第一禁忌有关。就是说，父亲在辽宁西丰老家，曾有过一位妻子。尽管这不是秘密，但在我家，却从来没有人公开谈论，大家都假装不知道。只有叔叔从老家来，与父亲说起故乡的人和事，才会影影绰绰提及父亲前妻家族的零星消息。母亲一般给叔叔面子，或者假装没听见，或者干脆躲到邻居家串门。就在叔叔某次酒后闲聊时，我捕捉到了一个重要的信息：父亲的前妻，是误吃野芹过世的。

于是我隐约想通了，母亲坚决不准我们碰水芹菜，应该与此有关。

慢慢长大，对父母的过往越来越好奇，我又发现了一个糟糕透顶的秘密：在与母亲结婚前，父亲隐瞒了曾经成过家并且还有一个女儿的事实。我感觉，对此，母亲一生都没有原谅父亲。不止一次，他们吵架，母亲冲动之下会对他高声叫嚷："就是你下毒害死了她！"

母亲的这句话，是我家的"核武器"，让大哥、姐姐和我胆寒。只要母亲的嘴里冒出这句话，父亲的脸就会变得铁青，不再说话。而且，是两三个月不与母亲说话。父母互不说话的日子，就是我家的"核冬天"，即使天空无比晴朗，在我的眼里也是灰的。

我当然不会怀疑父亲真是凶手，但母亲的话，对我有不知不觉的影响，这也是难免的。后来有一次，叔叔带我回西丰老家，见到了父亲前妻的弟弟们，叔叔嘱咐我也叫他们"舅舅"。这些舅舅聊起往事，不经意间透露，他们的姐姐误食野芹时，我的父亲并没有在家。是的，我没有怀疑过父亲会杀人，可是，听到这样的消息，我还是感觉自己突然没来由地变得无比轻松。那时，我已经马上就要高中毕业了。

高考前一天，我并不觉得自己有多紧张，可不知为什么，不管是站是坐还是躺，浑身总有几处地方不对劲儿。因此，没来由，没打算，信步上街，随便搭一辆过路车，我去了县城十公里外的小姨家。对于我的突然出现，小姨和小姨父什么都不问，马上和面剁馅包饺子。坐上饭桌时，小姨父还不顾小姨的强烈反对，把一瓶冰凉冰凉的啤酒，墩在了我面前。

第一粒饺子进嘴，我的上牙与下牙马上顿住了，一种全然陌生的异香，在我的口腔内膨胀爆炸，并迅速向喉咙深处扑去。在忙于吞咽的间隙，我只能含含混混地发出声音："这是什么馅？"小姨父干脆利落地回答："水芹菜。"

多年后，和朋友们聊起高考的话题，有人说考前一晚焦虑得难以成眠，结果居然在考场上睡着了。有人说现在偶尔还做噩梦，又回到了考场，翻开卷子，一道题都不会，一惊而醒，满头热汗。而我，只要听到"高考"两个字，舌根底部就会泛起一股奇香，并不可遏止地涌出大量口水。

蕨菜为我立大功

在深圳街边的咸菜摊上发现凉拌蕨菜时，我还大感惊奇来着：南方人也吃蕨菜吗？该不是专门给我这种千里迢迢南投的北佬准备的吧？

不要怪我见识短小，以为只有自己的家乡才产蕨菜。是因为关于蕨菜，有太多美好的记忆，只指向了故乡那一小旮旯儿。

二十世纪七十年代，我在长白山深处的乡下老家读小学，每年都有专门的蕨菜假期。应该是"五一"过后，春风渐暖，嫩叶初绿，蕨菜就在山坡半黄的草丛间伸直了腰。从大清早起，我们一群小伙伴拎着筐，领上狗，兴冲冲地上山采蕨菜。在山间林地漫游大半天，等到饥肠辘辘下山时，往往会有满筐的收获。

这个假期可不是白放的，每个人必须采够一定量的蕨菜卖给供销社才行。当然，钱归自己，只把卖货小票交到学校就可以了。按年级不同，任务量不等，记得一年级的小豆包也要完成十斤左右。据说，供销社收蕨菜是出口日本换外汇。那时节，日本那么远的地方，出口那么大的事儿，外汇那么神秘的概念，居然能和自己的生活有关联，想一想都觉得了不起。

供销社收蕨菜的标准相当严格，植株要够粗，还要够嫩。嫩不嫩，主要看长在蕨菜头上的叶子，要紧紧抱成小拳头才好，一旦五指张开，供销社就不收了。经供销社临时雇来的大妈一顿挑挑拣拣，一大筐蕨菜，往往会有三分之一惨遭淘汰，只能拎回家自己吃。

世上绝大多数菜蔬，都是新鲜时好吃，可蕨菜却是个例外。即使把蕨菜与肉放到一起炒，也会微微发苦。在那个缺油少肉的时节，我们主要的吃法是用白水煮，然后蘸酱，这时苦味倒不明显了，可是蕨菜会变得黏乎乎的，口感十分不爽。

所以，蕨菜的标准吃法，是烫熟之后晒成干儿，想吃时，再用温水泡开。这时，它不再发黏，会变得很劲道。但蕨菜晒干之后，呈黑褐色，样子丑。因此，腌蕨菜才是豪华版的选择。出口日本的蕨菜，就是用腌的方法保存的。怎么腌呢，先在缸底铺上一层粗盐，然后摆一层蕨菜，上面再铺一层粗盐，再摆一层蕨菜。一滴水都不可以加，否则蕨菜就会烂掉。在早年困难时节，这样大举用盐腌菜，绝不是一般家庭所能承受的。日本人真有钱，从那时起我就隐约知道了。

腌蕨菜最大的好处是，哪怕挺上一年，它们依然会保持油绿的颜色。想一想，在北方漫长的寒冬时节，饭桌上除了吃也吃不完的土豆和酸菜之外，万一还能见到绿油油的蕨菜，那该有多下饭！

大学毕业后，我去长春工作，开始恋爱。可是，未来的岳母对我的条件一直不太满意，迟迟不予首肯。我是逮住机会就与老人家聊，发誓要用辛勤的汗水给她的女儿创造一生的幸福。此外，每逢假期，我都会回几百里之外的老家，给岳母背来腌蕨菜，并亲自上手料理。

腌蕨菜要用清水泡上一整天，才能把所含盐分完全浸出来，然后切段，加蒜末，加葱丝，加香油，直接生吃。当我把一大盘生拌蕨菜端到岳母一家人面前时，那种来自山野的清香，瞬间飘满房间，堪称全桌惊艳。我一直都知道，最后能把老婆娶到手，蕨菜是立过大功的。

不要用婆婆丁炒肉

娶了城里老婆，说到婆婆丁，她反应不敏感；改说蒲公英，她马上兴奋了，说知道知道，它的花像小雨伞一样，噘口一吹，四下飞散，很浪漫的。她应该主要是受老电影《巴山夜雨》的影响，于是我严肃地告诉她，那不是花，而是种子。

在北方，初春时节，大地解冻，婆婆丁是第一批苏醒的植物，它们仿佛知道，穷人家的饭桌上，已经小半年不见绿色了。踏着山湾背阴处的残雪，男娃女娃三五成群，低头弯腰，像找宝一样，把婆婆丁从荒草中辨识出来，那是我童年最生动最美好的记忆之一。剜到筐里都是菜，回到家，挑拣收拾就是女孩子的活了，要把茎叶一片一片撕开，用大量的水冲洗，这样，大把大把抓在手里蘸酱吃起来，才不会担心碎草或沙砾混杂其中。

婆婆丁的苦，在我是清爽，在女儿却是异味，所以她只尝一次，就再不肯吃。我施展多种招数，包括答应给她买平板电脑，都无法让她就范。是啊，同样，我也曾辛辛苦苦去乡下淘来真正吃粮食和草籽的土鸡，结果她却全然不喜欢，嫌腥。就是说，从记事儿起，她的味蕾，就已经被肯德基那种工业鸡的味道俘虏了。一代人有一代人的味觉记忆，勉强不来的。

乡下村人在河里挖沙盖房，沙子漏在岸边，有时会从中顽强地钻出婆婆丁来。这种婆婆丁，就是极品了，有长长的一段白茎，脆，甜，是那种苦中回甘，堪称可遇不可求的人间至味。

婆婆丁在开花之后，就走完了一程生命，等不到夏天，即自然枯萎。作家许石林在他的《饮食的隐情》中说，婆婆丁可用来炒肉。他讲的好像是陕地风俗，在我看来，这可万万使不得。炒熟的蒲公英，会像菜市场角落里烂掉的菜叶一样拿不成个儿，观感糟，口感更糟。

在北京，我曾远征香山和东坝郊野公园寻找婆婆丁，未果。有热心朋友提示说，清华大学院里婆婆丁很厚，但我一直没敢去。在我心目中，北大、清华这种地方，还是有几分神圣的，你当年考学没进去，如今怎么好意思溜到人家院里挖野菜？感觉上，好像是在坏人家的地气和风水。

后来，是在北四环外翔云桥一带的防护林间，发现了大片的婆婆丁。当然，我知道，它们饱吸废气，浑身蒙尘，已然不够野。但我挖了一些带回家，用清水泡上半小时，它们马上支楞起腰身，青翠欲滴，让我瞬间食指大动。

其间，一位至亲好友怜我十分渴望，在网上替我远程订购了一箱，打开一看，吓我一大跳，全是婆婆丁幌子！真婆婆丁叶片呈规则锯齿形，幌子的叶片则犬牙交错，粗糙不堪。而且，婆婆丁永远趴在地上不显山不露水，不会像幌子一样长成枝枝蔓蔓的小树。最最关键的是，从小，母亲就教育我们，婆婆丁幌子是有毒的。网购不靠谱，于此可见一斑。

在韩国，每年开春，我也会去山野间寻挖婆婆丁，经常与一些采摘嫩艾蒿的大婶邂逅，她们往往假借对我筐里的婆婆丁表示惊奇，实际是想凑近了仔细打量我揣摩我。在她们看来，一个五大三粗的男人，不好好上班，这样不蒙脸不戴口罩大刺刺地挖野菜，实在难以接受。韩国男人素有大男子主义的坏名声，但别忘了，这也是韩国女性"小女人主义"配合的结果。比如一个韩国职场男，天天正点下班回家吃饭，老婆就会非常担忧："你在公司里连个一起喝酒的朋友都没有吗？"像我这种，男人挖菜，十个有十个会被视为无用的闲汉和废物。

黄花菜都凉了

　　年少时在乡下看露天电影，总像赶大集，人嚷狗叫，娃哭娘吼，演员说的台词都不容易听清楚。因此，电影《英雄儿女》里志愿军一位军长说的一句话，曾让我们一群小伙伴争论不休。我主张是"黄花菜都凉了"，董成林则主张是"黄瓜菜都凉了"。我犀利地指出，黄瓜菜本来就是凉的，还怎么凉？董成林驳不倒我的逻辑，但依然坚持，他听到的就是"黄瓜菜"。

　　为了求证谁对谁错，我们特地赶五里山路，到朱家街又看了一遍《英雄儿女》，结果证明，董成林是对的。深夜，回村路上，风凉如水，秋虫呢喃，小伙伴们围着董成林，兴高采烈地比赛谁喊的"向我开炮"更像王成。我一个人落在最后，低着头，对于"黄瓜菜还怎么凉"的问题百思不得其解。

　　读高中时，语文课本选编过茹志鹃的一篇小说《百合花》。时间久远，我一度记错了，以为护送"我"上前线的小战士枪管上插的是百合花，但实际上，那是野菊花。而百合花的梗，落在一床被子上。是那位小战士好不容易借来，最后又死在上头的一床漂亮婚被，被面上印有大朵大朵的百合花。

语文老师李光辉试图给我们描绘百合花的样子，可我们从来没见过，他再怎么努力，我们还是一头雾水，只能凭着仅有的一点花卉知识胡猜乱猜：地瓜花？大丽花？狗尾巴花？这些全是乡下土名，听得李光辉老师一愣一愣的。实在没办法，他只好用蹩脚的画技在黑板上给我们大致勾了一个花形，于是我们异口同声地高喊：黄花菜！

李光辉老师明显无可奈何了，脸上缓慢浮现出坏笑，说："好，你们说是黄花菜那就是黄花菜吧，可你们知道黄花菜的花，对植物来说是什么吗？"我们心里嘀咕，花当然就是花喽，还能是什么呢？他收起笑，又换了一副热爱科学的表情，徐徐地说："花，其实是植物的性器官，所以，你们吃黄花菜，就是在吃生殖器。"

教室里出现了我们学校建立五十年来最为安静的三十秒。我相信每个人都和我一样，心头碾过了滚滚巨雷。虽然后来没有和同学们就黄花菜生殖器的话题交流过，我不清楚他们到底是怎么想的，但在我，当时的体验绝对是振聋发聩的，或者干脆说就是一种启蒙：原来，这么漂亮的花，就是公开的生殖器！我想感叹点什么感叹不出来，我想思考点什么又不知该怎样思考，只隐约感觉到，自己看世界的角度从此不同了。

多年以后，读到植物分类鼻祖、瑞典生物学家林奈的这一段名言："花药相当于睾丸，花粉等同于精液。在雌性花朵上，柱头代表外阴，花柱代表阴道，果实等于卵巢，籽粒就是卵子。"我马上想到了李光辉老师。我猜，凭他的博闻强识，一定也会知道这段名言，幸亏他当时没有顺势再给我们读出这些句子，否则，我相信会有同学当场昏倒在课堂上。

今天我们已经了解，黄花菜和百合花是同属的近亲，英文便称黄花菜为"虎百合"，因此我们当年说黄花菜是百合，并没有大错。当然，它们之间的不同也是明显的，仅从食用角度看，黄花菜是吃花，而百合则是吃鳞茎。专家说，新鲜黄花菜含有秋水仙碱，有毒，不可直接食用，必须先晒干，再用水发泡，才会变得香甜可口。

不过，有些动物可不像人那么娇贵，它们对新鲜黄花菜照样能够消受。加拿大作家乔治·布朗在《极地生物》一书中说，如果鹿不小心让毒草混进了嘴，会主动找黄花菜来解毒。因为黄花菜幼苗的气味像葱，所以在北极圈一带，它被称为鹿葱。

黄花菜可吃，并不代表它不美丽，别忘了，人们习惯上把少女称作"黄花闺女"的。同时，黄花菜就是著名的萱草，又称谖草。谖，即忘忧，这是宋代大学问家朱熹先生给出的解释。因此，所谓忘忧草，即黄花菜。元代画家王冕有诗："今朝风日好，堂前萱草花。持杯为母寿，所喜无喧哗。"就是说，康乃馨代表洋母爱，黄花菜则是中国版母亲花。

刺嫩芽无法理解

在我老家，乡下人不习惯发"嫩"这个音，所以反其道而行之，一向把"刺嫩芽"称作"刺老芽"。

小时候，大哥在我眼里是个奇人。捉鱼，好像鱼群当中有奸细给他通风报信。采蕨菜，好像在什么隐蔽的地方，他自己秘密种植有一大片。掰刺老芽，又好像他心里有一张地图，附近大小山梁上有多少棵刺老芽树，每棵树在什么时间放绿吐芽，都在那张图上清清楚楚地标着呢。

尽管我一直都承认对大哥佩服得五体投地，但不管是采蕨菜还是掰刺老芽，他从来不肯带我上山，也从来不带任何人上山。他的这个特点，在村子里很有名。采榛蘑时节，有人试图跟踪大哥，被他察觉了，他也不吭声，沿着河岸一直走一直走，天黑之前，那伙人终于放弃了。说起来，这种知识产权保护意识，大哥领先我们不知有多少年。

大哥的另一个特点，是喜欢掰刺老芽，但并不喜欢吃。这一点，我和他相似。不管是蒸是煮还是炒，刺老芽都有一股树味。绝大多数菜都是草，草有草香。而树味，则往往意味着像木头一样的腥气和生硬。

吃生平最美味的一顿刺老芽，是在村北头的知青点。那里的男知青，个个都是天不怕地不怕的家伙，他们会趁月黑风高，点燃炮捻子，塞进老乡家的鸡窝，鸡被熏昏以后，全被他们偷走，连夜炖熟连夜吃光，再把骨头和鸡毛深埋起来。他们有一天心血来潮，让我们一班小娃娃领上山，搞回来半筐刺老芽，经过慎重研究，他们决定，把男生厨房与女生厨房的豆油全倒在一口大锅里，狠狠地炸。

女知青发现豆油不见了，冲过来把男知青骂得狗血喷头，男知青们油着嘴，只有低头听训的份儿。就算他们当中最敢耍横的二老气，也顶多嘟嘟囔囔回了一句没什么底气的话：把剩下的油再灌回瓶子还给你们就是了。

这一次的刺老芽，被我吃出了真正的香味，此后三十余年念念不忘。后来也想，就算把一块石头放到油锅里炸，也能咂吧出香味来不是吗？

刺老芽，学名龙牙楤木，主产东北。清光绪十七年（1891）长顺将军主修的《吉林通志》载："刺嫩芽又称龙芽，叶似椿而大，初长刺条，来年于顶上吐芽。"松树、杨树、柳树和桦树，都不长刺，都活得好好的。那么龙牙楤木为什么要长刺呢，莫非它早早预知到了自己有被其他物种吃掉的风险，因而试图用刺来保卫自己？

小时候我就时常感觉奇怪，刺老芽树怎么可以长得那么简陋？一根胳膊粗的木棒子，黑红的外皮，没有枝也没有叶，光秃秃地立在山岗之上。其实它本来不该这样，可每到春季，只要它一冒芽，就被人掰走了，再一冒芽，又被人掰走了，哪里还有机会开枝散叶？刺老芽的祖先可能这样说过："要有刺。"于是，就有了刺。可是，有了刺，它的子孙后代依然难以逃脱被摧残的命运。

　　美国植物学家丹尼尔·查莫维茨在《植物知道生命的答案》中说："植物并没有中枢神经系统，也没有大脑，不能协调来自它全身的信息。然而，一株植物的各个部位仍然是紧密关联的，与光及温度有关的信息，持续不断地在根和叶、花和茎之间交换，这样才能让植物最好地适应环境。"

　　归结起来一句话，草木也不是彻底无情的。一棵树，像刺嫩芽，可以无枝无叶无花无果，只剩一根光棍，但它依然是有感觉的。比如，它就可能一直都无法理解，人类对待它为什么一定要如此残忍。

不要用尿浇灌车前草

　　车前草，在我的老家，叫车轱辘菜。与车轱辘菜牵连最深的记忆，并不在吃。惯常的情景是，夏日午后，酷热的大太阳下，一个少年独自在路边行走。细白的沙粒烫脚，所有的狗都不见了踪影。水在水渠里流淌，那种单调的声音似乎永远也不会休止。一旦察觉有人经过，或有人远远地打量，少年马上半蹲下来，眼睛盯向随处可见的车轱辘菜。他要假装自己并不是在闲逛。车轱辘菜已经开花，每一株都伸出三五根穗状的花茎，有长有短，有胖有瘦，像一条条竖起来的老鼠尾巴。

　　偶尔，有灰尘满身的长途公共汽车鸣笛通过，里边的旅客不会注意到，这个在乡村公路旁徘徊的少年，正痴痴地望向他们玻璃窗后面的脸。或许，他在思忖，他们从哪里来，要到哪里去？但实际上，他也并不真正关心这一切，他只是在对自己未来的命运心神不定。他的目光，正是他小心试探世界的触角。车轱辘菜，就曾这样陪伴了一个乡下少年无边无望的寂寞。

　　关于"车前草"名称的起源，有半真半假的传说。西汉还是东汉一位将军马武戍边，军中大病流行，主症状是排尿困难，连军马也未能幸免。但有人发现，若干马匹安然无恙，仔细观察，它们一直在埋头吃一种野草。于是全军向马学习，大吃其草，结果病状立消。马将军问：什么草这么灵？有人用手一指：就是车前那种草。传说从来不会精准，这个故事的主角，就有多个不同版本，如卫青，如霍去病，如诸葛亮。

而我们叫它车轱辘菜，却有着实实在在的道理。它的叶片放射状均匀分布，呈正圆形，几乎与车轮一模一样。这种草的习性也很奇怪，在真正的荒山野岭，你很难见到它，反而是，在马路边，在停车场，在田埂，在甬道石块夹缝，在高高低低的台阶，这些人来人往、车滚马踏的地方，才最适合它们生长。它们好像喜欢紧跟人类的脚步，以验证自己叶片的坚韧与弹性。

当然，三十年前的那个少年当时还不会有这种觉悟：既然想往人多的地方挤，就要像车轱辘菜一样不畏遭受任何有意或无意的轻视与践踏。

广东作家唐不悲在《草木民间食经》中说，在中山，车前草被称为田灌草。老一辈常常告诫孩子，在野外小便，不可以浇到田灌草上，否则会尿床。不知道这里有什么讲究，难道是因为《本草纲目》说车前草利尿吗？

相比之下，台湾人利用车前草，可是相当不客气。台北作家方梓说，她们小时候把车前草当玩具，撕去外皮，保留叶内的粗纤维，几株绑到一起，就是毽子。当然，一边踢，一边会掉丝，一场游戏玩下来，要更换好几棵。好在车前草随地可得，货源不愁。

南方人勤快，在吃车前草的问题上也能得到充分体现。江苏人会把车前草捣成浆，做糕做饼。广东人的吃法就更多了，开花前摘嫩叶煲汤，或炒鸡蛋，或蒜灼；最容易的是垫底蒸鱼，或蒸肉，顺便可以把叶子吃掉，有特殊的清香味道。

而对于吃，东北人向来粗糙疏阔，一招鲜就是把车前草焯到断生的程度，蘸酱吃。不酸不甜不辣不苦，车前草对味道的表达，就这么老实。同时，口感也不脆不糯。你想想，方梓女士都把车前草当毽子踢了，它的叶筋该有多韧多粗，因此小心塞牙，自然是非常有必要的提醒了。

英国作家理查德·梅比在《杂草的故事》里说，车前草过去被称为"百草之母"，欧洲几乎所有的古老药方中都有它的身影。在北美，土著人称车前草为"英国人的脚步"，因为他们发现，这种植物紧紧跟随着白人，扩张速度极端惊人。

与猫握手

在东北，有一种野菜叫猫爪子，学名唐松草，属毛茛科。在毛茛科内，还有白头翁，还有黄连，还有牡丹。感觉这个科真杂真乱，因为你很难一眼看出，它们的长相到底有什么共同点。

相反，猫爪子的模样，倒和凤尾蕨科的蕨菜很像，幼苗的顶端，也握有一只小拳头。不过，蕨菜的拳头像人手，唐松草的拳头则像猫的小爪子。同时，猫爪子没有像蕨菜那样的绒毛，在它细茎的腰部，还饰有一枚漂亮的环形叶片。多年以后，我才有机会发现一种形象的比喻，那就是像超短裙，只要有一丝风吹过就会飘起来的那种超短裙。

猫爪子的味道，也与蕨菜不同。蕨菜微苦，猫爪子却是甜的。新鲜蕨菜煮熟以后起腻，有时咬上一口，会扯出长长的黏丝来。猫爪子的口感，则干净清脆，要用性格来比拟的话，可以说有点像东北大姐的直爽与干练。因此，如果不是有出口日本这件事让蕨菜变得金贵起来了，本来我们小时候上山最喜欢采的是猫爪子。

在我老家，南山蕨菜多，西山猫爪子厚。不过，想去西山，出朱家街之后，必先经过炭窑沟水库边上的一大片坟场。说实话，每次路过那里，我都心惊胆战，明明眼睛不敢往坟地方向看，可因为害怕被小伙伴发现我的胆小，又不得不装出什么都不怕的样子。因此，去西山采菜回来，我经常会在晚上做噩梦。

有一年春天，因为共同喜好小人书《铁道游击队》，我和家住朱家街的同学马树君与刘军福成了好朋友，再去西山采菜，他们当仁不让就要当向导。有一次，我郑重地请求他们，给我指一条可以绕过那片坟场的路。面对好朋友的要求，他们不可能置之不理，于是二话不说，直接拉我奔向西山。

可万万没想到，他们走的，还是炭窑沟水库那条路，而且，他们两个人一齐动手，生拉硬拽把我拖进了那片坟场！整个过程中，马树君还一直吹哨子，好像在召唤着坟茔中躺着的人：快起床啦！快起床啦！

我一直都不知道，我的小心脏为什么没有在那一天怦的一声爆裂掉。

在一棵大柞树下，有一座很大的坟茔，马树君说，里面埋着他的爷爷和奶奶。坟头的左边，长了一丛淡蓝色的野花。马树君说：爷爷，你要花干什么？还是给奶奶吧。于是他用手把花挖出来，栽到了坟头的右边。刘军福问马树君：你咋知道你奶奶一定在右边呢？他们去世的时候，你都还没出生。马树君想了想，认真地说：男左女右，不都是这样的吗？

离大柞树不远，有一座黄土还没有干的新坟，看上去很扎眼。马树君说，那是他家后街邻居，大酒鬼，去世前几天，还在自己孙子结婚的喜宴上，灌了马树君一大盅白酒，让他昏睡了一整天。马树君走到近前，对着坟头高声说：等过年给我爷上坟的时候，给你坟头也倒两碗酒，看不醉死你！

马树君和刘军福嘴里说东说西，手上却一直没闲着。不管是在坟头上，还是在坟间空地上，只要发现了猫爪子，他们就直接采到筐里。我的心跳稍微平息下来之后，也开始不客气地和他们抢了起来。这里的猫爪子十分鲜嫩，而且生脆，而且肥大，每采下一棵，我都担心会不会有一股水从断口处喷出来。

那一天，马树君和刘军福领我几乎走遍了整个坟场，差不多挨个坟头告诉我，里边都睡了什么人。印象最深的是，在一座低平的坟茔里，埋着一个少年，他本来应该和我们同学，却在上学前半个月，跑到炭窑沟水库洗澡淹死了。

天快黑了，筐里的猫爪子也快满了，我们起身回家。拐过山口之前，我回头望，心里知道了，每一座坟茔之内，都有一个曾经在世上行走的生命；每一座坟茔背后，都有众多的亲人在不远处温热地牵挂着。因此对这些坟茔，我好像也就不再有不可知的神秘恐惧感了。

那一天采回家的猫爪子，家里人吃过以后都说格外鲜，我吃过之后也觉得格外甜。

少女初妆

小时候喜欢猜谜语，有一条是关于菜的："洗不净的菜，煮不熟的菜，割不完的菜，听不见的菜。"第二个和第三个谜底都很简单，分别是生菜和韭菜；第四个稍微有点难度，说的是木耳；第一个，就是灰菜。

说灰菜洗不净，只是文字游戏，有"灰"字在，洗得再净，也还是灰菜。灰菜叶子背面，确实有一层细细的灰状物，闲时我喜欢用手指肚儿轻轻地揉搓它们，有沙沙的触感。我也说不清为什么，从此灰菜在我的记忆中，就是比较偏冷艳的。如果非要比拟的话，灰菜的灰，有点像少女初妆，不喜人前涂脂，只敢背后抹粉，暂时先给自己看。

父亲在乡下，是基层干部，疏于农事，所以我家前后园子就给灰菜留出了充足的生长空间。我从小喜欢独处，印象最深的，是初夏雨后，和成片的灰菜共享园子里的寂静时光。那时，外面的世界还在外面，我还在我里面。

汪曾祺先生写采灰菜用过一个极准的动词：掳。在我老家，真的从来都是"掳灰菜"。不是用手指尖捏住了往下揪，也不是牢牢握住叶柄往下掰，而是用整个手掌罩住灰菜头，把嫩叶握在拳头里往上捋，是为捋。简单粗暴，效率高。

台北作家方梓自述，曾在兰州城吃过一回灰菜，从此念念不忘，回到台湾就开始四处寻找。有专家告诉她，灰菜就是藜。可是，她查到的藜，分明是多年生草本，花呈紫黑色，茎可做拐杖，而且，还有毒！这样的藜，怎么可能是兰州那种美味呢？费尽周折，最终发现，她爱吃的灰菜，就是台湾少数民族一直在吃的小藜。于是一声长叹之下，感慨油然而生：一种野菜常有数十个名字，一个名字有时又指好几种野菜，植物的名称，实在太让人混乱抓狂了！

方梓推崇的灰菜食法，是快炒或烫火锅。而在我的老家，如果有人吃灰菜，那就是开水焯过之后蘸酱，从来没见谁试过热炒是什么滋味。二十世纪七十年代，食用油依然金贵，还要凭票供应，只有白菜和萝卜这些正宫娘娘，才能得到被煎炒烹炸的机会，像灰菜这种在野之身，是没有资格享受油锅待遇的。

明代官员科学家徐光启的《农政全书》把灰菜列为救饥野蔬，称其为穷人的救命草。他是对的，灰菜营养欠丰，不得不聊以充饥时，也不过是帮忙占个肚子。所以，它离人类那么近，有些胆子大的，都长到人家的房檐下了，可人类也一直没有动念头把它收养为家常蔬菜。

早年间，母亲曾经采下灰菜的嫩叶，焯过之后，拌灶膛里的草木灰，晒干，收好，放在通风处，作为干菜，留作冬天食用。为什么要拌草木灰呢，母亲说是防止苍蝇落上去。这种灰菜干儿，我是吃过的，如果泡的时间不够长，几乎就相当于嚼干净抹布。后来读《红楼梦》，发现王熙凤的陪嫁大丫头平儿，曾让来参观大观园的刘姥姥，把乡下的灰菜干儿带来些，说贾府上下人等，都好这一口。当时心里就恨恨地想，这剥削阶级，到底和劳动人民的口味不一样。

曾经和老家的朋友讨论过，现如今城里人爱环保，爱有机，那么是不是可以大规模地采摘野灰菜，晒干之后，卖到城里来呢？朋友盘算了半晌说，十斤鲜灰菜可能都晒不出一斤灰菜干儿来，费工费力，卖不上价，一定是赔本生意。

大老爷们儿的扮相

早年读张爱玲写吃食，曾存下深深疑惑：苋菜怎么会有红色的汁液？身居岭南之后才知道，家养苋菜，叶片中央泛赤，有花的三分绚烂，经火过油，会涌出红汁，色类鲜血。我们平常说"好心当驴肝肺"，浙东台州人则说"真心血当苋菜卤"。而张爱玲爱苋菜，尤爱盘中被借光染红的蒜瓣。这种染与被染，本是食物间的平常关系，经张爱玲妙笔一过，马上有了一种情色迷离的味道。

但张爱玲的苋菜不是我的苋菜。

作家曾珍在《野菜志》中说，南京人特别爱吃苋菜，可能与朱元璋有关。朱皇帝幼年在地主家帮工，丫头马氏常为他偷做苋菜疙瘩汤。朱对此终身感念，打下江山后即命人开发此菜，纳入宫中正餐。苋菜在南京，遂流传开来。同为江南，绍兴人有吃臭苋菜梗的习惯。据说其物极为神奇，经发酵后，硬梗中间的芯会变成果冻状，用嘴轻轻一吸，即完整一条卧于舌面之上；且与臭豆腐相似，鼻子嫌臭，嘴巴说香。以后到绍兴，看三味书屋喝咸亨老酒之外，尝一次臭苋菜梗应该是必须的。

但这些苋菜依然不是我的苋菜。

我的苋菜，是东北老家田头地角随处可见的野苋菜。高棵，全绿，叶面有纵横条纹，摸一把，微微扎手。如果说灰菜像一个少女，那么野苋菜就完全是一副大老爷们儿的质朴扮相。小时候，没人告诉过我苋菜的"苋"是哪一个字，所以一直以为是"线"。直到此刻，还感觉这个"苋"字太过于南方化了。

曾珍说，文献记载，甲骨文中发现有"苋"字。按汉字象形会意的特点，草头下一个见，是不是意味着两三千年前，古人在幽暗的山洞中醒来，探头就能望见漫山遍野的"苋菜"？

但在北方，已经多年不见有人吃灰菜和野苋菜了。尤其是野苋菜，不酸不甜之外，口感粗劣，是不管怎么料理都难以怀柔的。想一想，这也正常。风里雨里，雾里雪里，它们只靠自己活，从来得不到任何照料，纤维不够粗、筋骨不够硬的品种，早已被自然淘汰掉了。别看植物们平时不动声色，其实暗地里的生存竞争也是相当惨烈残酷的。

苏轼在《物类相感志》中说：蜂叮痛，可以野苋菜捣敷之。这个偏方，还真不知道，因为小时候我唯一没干过的坏事儿，就是捅马蜂窝。

据作家方梓介绍，台湾阿美人吃野苋菜，与蜗牛一起煮汤，口味相当独特。而且，阿美人会吃两百多种野菜，堪称天下第一。这么算下来的话，他们不是已经接近无所不吃了吗？阿美人活得不容易，历史上受各种势力压迫，经常不得不四处迁徙。每到一地，他们并不急于开荒种地，而是要把各式野草煮一遍，尝尝哪些可食。说起来，这才是人与自然之间最正确的关系，不是吗？

　　说个小小的奇闻吧，野苋菜属于高感光植物，人吃过之后，感光性元素会通过消化道进入血液，如果马上长时间接受强烈日晒，这些感光元素将在皮下发生生物化学反应，造成植物日光性皮炎，主要症状是脸部发黑，头晕恶心。也就是说，野苋菜的野心与能耐相当大，敢于诱导人类的皮肤与血液，试图参与植物界了不起的光合作用。

关于苤苤菜的官司

关于苤苤菜是不是荠菜，曾经和朋友们打过多年的官司。"山东帮"一口咬定，没有什么苤苤菜，荠菜是唯一的学名。我所在的"东北帮"对此坚决反对。我们的苤苤菜，完全是在地头荒滩独自求生的，根深，茎瘦，叶碎；而他们的荠菜呢，光看名字就知道是家养品种，离不开人工施肥浇水，叶片肥厚，青翠碧绿，永远一副营养过剩的样子。

朋友当中有真正的行家，后来站出来给我们的官司做出了终审裁决，说东北的苤苤菜确实是荠菜的一种，叫散叶荠菜；而山海关以内常见的大叶品类，则叫板叶荠菜。

作家方梓说，台北有"荠之小馆"，是经营荠菜的专门店，主打荠菜水饺和荠菜羹。

宋代笔记小说《淮上集》说，农历三月三为荠菜生日，叫"上巳节"，是唐代三大全国性公共节日之一。野菜而有生日，古今中外大概唯此一例。这一天，照例要用荠菜煮鸡蛋吃。至于怎么煮，书里没给交代。不过，据湖南朋友说，到今天，他们那里还保留有类似的习俗，是把鸡蛋煮熟剥壳后，再与荠菜同烹。若仅如此而已，似乎也没有什么特别之处。

而且，他们所指的都是家养荠菜，与我们的芨芨菜没有太深的关系。

东北吃芨芨菜，与吃荠菜有很大的不同。我们对叶子不上心，主要是吃它的地下根茎。经过一冬的酷寒，你能看到的是，在芨芨菜黑黄的枯叶之侧，又冒出了几株新绿；你看不到的是，在地下，芨芨菜的脆根已经长成了一大坨。芨芨菜从不挑地，哪怕是在河滩上，与青色鹅卵石挤在一处，它们也照样把根茎长得白净鲜嫩，挖出来就可以当甘蔗吃，还不用吐渣。当然，如果吃得实在太多，回味会有一些微微的辣。

就连苏东坡，都和我们是一伙，他在诗中说："时绕麦田求野荠，强为僧舍煮山羹。"史上著名的"东坡羹"，就是用碎米加芨芨菜煮成的。陆游和我们也是一伙，他的诗这样说："手烹墙阴荠，美若乳下豚。"墙阴荠，怎么可能不是野生的呢？

韩国虽与山东相近，可他们爱吃的，却也是我们东北版的芨芨菜。当年客居首尔，偶然在郊区的小饭馆里发现芨芨菜酱汤，我的心头是欢喜的，只是，他们的酱实在太霸道了，而芨芨菜又太温和，一吃再吃之下，也不易品尝到芨芨菜的本味，因此当时我的思乡企图并没有成功。

没见过荠菜开花什么样，我们的芨芨菜，花非常小，不会引人注目，可结出来的三角形蒴果却很好看，那是一串串心形的小袋，绿绿的，把它们揪下来放进嘴细细地嚼，辛辣味会明显许多。英国作家理查德·梅比在《杂草的故事》中说，荠菜英文名直译为"牧羊人的钱包",因为它的蒴果形状很像中世纪牧人携带的小包,比如在彼得·勃鲁盖尔的画作《农民舞蹈》里,就曾经出现过。打开小包似的果实,里边的种子就会如金币般散落。这些种子被一层薄薄的胶所覆盖,黏度很强,这样,便能粘在鸟兽的脚爪上四处散播了。

平心而论,东北苦寒,论及菜肴的精致讲究,与关内相比,毕竟自叹弗如。遍览各大传统菜系,荠菜多有崇高地位,上海有荠菜鸭丝,山东有荠菜鱼卷,安徽有荠菜丸子,浙江有荠菜雉鸡片。我想,如果有机会把这些菜统统尝上一遍,我没准也能把苤苤菜暂时忘掉,一举成为荠菜的拥趸吧。

野菜之王

在我的老家吉林省辉南县，小根蒜一般被称为"脑瓜崩"。虽然名字浅白近俗，但是它在我们心目中，却一向拥有野菜之王的地位。比如说，不管是去剜婆婆丁，还是去刨芨芨菜，我们一概统称为"去挖脑瓜崩"。

在少年记忆中，小根蒜从来是第一批出现的野菜。土地还没有完全化冻，背阴坡的残雪一天比一天黑黄，小根蒜就在大片荒草间冒出了嫩青的芽尖。这时候，我们几乎是在内心里尖叫着，不管不顾扑向原野的。挖小根蒜？那不过是漂亮的借口，用每一寸皮肤和每一个毛孔迎纳春天的气息，才是我们最为焦渴的盼望。

对于此景此境，粤港一带的朋友不容易感同身受，因为在亚热带大太阳的照耀下，岭南四时有花红，四时有草绿，人们对季节转换基本上是麻木的。而在大北方，冬季漫长，酷寒笼罩天地，在臃肿的衣装下，从皮肤到肌肉，从骨骼到心脏，我们一层一层紧紧收缩为一团。要等到春天到来，身体才会从里到外慢慢苏醒，关节逐渐舒展，目光逐渐明澈，随便一阵风过，心底都会涌起一股莫名的悸动。所谓四季分明，说的就是这种身体的大开大阖，情绪的大起大落。

因此，在一个东北乡下少年的记忆中，小根蒜怎么可能不是他永远的田园牧歌？

对于舍近求远跑到五里开外的钓鱼台岭去挖小根蒜，小伙伴们总是很雀跃，因为在来回的路途上，我可以给他们讲故事。《七侠五义》是他们最爱听的，张峰喜欢南侠展昭，陈发喜欢"五鼠"之一的白玉堂，董成国对北侠欧阳春则不以为然，说他根本没什么了不起的武功，只凭一口宝刀削人兵器，完全是浪得虚名。

钓鱼台岭靠近三通河的一侧，是被柞树密密包围的陡崖。挖小根蒜的间歇，我常常陷入白日梦，想在崖上凿一座山洞，独自过一种秘密的生活。小小年纪，并没有任何急迫的具体烦恼，为什么会产生如此遁世的想法？我自己也说不清。一种可能是，想要抛弃世界，却没有勇气，就盼着被世界抛弃，然后自己来承受。说起来，这种悲剧性格，几乎纠缠折磨了我整整一生。

剜野菜，女孩一般用锅铲，我们则用铁锹，会有一种参与生产劳动的成人感。挖小根蒜的第一要诀，是不能胡子眉毛一把抓。翻开一锹潮湿的黑土，白白的小根蒜成窝出现，大个的拿走，小个的必须好好埋回土里，明年它们才会继续长大。不可竭泽而渔，对野菜也要讲同样的道理。小根蒜进筐前，还要把细细的根须揪掉，这样回到家，在井台上用水简单冲两遍就可以上桌了。否则，那些根须会在清洗的时候缠成一团，容易把你惹得气急败坏。

在《植物图鉴》和《小森林》这两部日本电影中，我都发现有小根蒜出场。可是，还没等我建立起亲切感来，就发现他们吃小根蒜，都是用炒的。对此，我坚决不能同意。不管是配鲜鱼拉面，还是配炒肉通心粉，小根蒜一下油锅，就将失去所有的辣和所有的鲜。而若仅仅是想借味，为什么不使用更为方便听话的大葱呢？

因此，料理小根蒜，唯一正宗的方法就是生吃。因为它的辣，相当友好迷人，只在你的舌头表面辣一小下，只要你送下一口饭，辣味马上乖乖地消失，回味则是饱含阳光气质的香甜。直接蘸酱之外，还可以凉拌，加糖，加盐，加醋，但不可以加酱油，否则，白茎与绿叶将出现腐败的迹象。糖和醋的关系是，你要不断尝不断试，糖多了加醋，醋多了加糖，最后，你将没办法单独吃出酸、辣、咸、甜诸味中的任何一种，它们已经充分融合，形成了一种扎扎实实的新味道，这样就接近完美了。

说起来，小根蒜这种平凡野菜，有个相当古雅的名字"薤白"，在《诗经》里也出现过。薤字读"谢"音。古代挽歌里有这样的句子："薤上露，何易晞。露晞明朝更复落，人死一去何时归！"挽歌不感叹大葱上的露水，也不感叹韭菜上的露水，偏偏选中薤白上的露水，是因为薤叶实在太细，挂不住太多的水，太容易被蒸发即"晞"掉了。生命短促，恍如薤露。

作家汪曾祺先生在《人间至味》中说，北方人很少吃薤。这么说我不同意。他举的例是北京人。但实际上，我们东北人，才真正在北方之北，而我们，几乎是吃薤长大的。

读英国作家理查德·梅比《杂草的故事》，遇到过一段非常精彩的话，愿意在这里送给野菜之王小根蒜，也算作我迷野菜写野菜的基本动机："到中世纪时，野生植物基本失去了作为补充食品的经济价值，但人们对野外觅食的热情并没有消失。这种觅食方式带有一种充满仪式感的魅力，仿佛食用野生植物能让你感受到祖先的生活，能让你更细腻地体会四季变化，能让你对大自然创造食物的过程有更完整的理解。采摘，是人与大地之间古老关系的再现，是对劳作才能获得食物这一精神的赞颂。"

第二辑

在水一方

唐明皇戏说鸡头米

看到鸡头米，就会想起少年伙伴李鹏怀。有一回，不知因为什么鸡毛蒜皮小事，我和他闹别扭，很长一段时间互不理睬。在小伙伴当中，我俩分别有影响力，这样一来，需要大家一起玩的游戏，如打瓦或抓特务，就不容易顺利进行了。

都有和解的动机和愿望，又都抹不开面子主动开口，大家就陪着我俩长时间地僵在那里。是秋后的一个星期三下午，学校不上课，我一个人跑到南泡子捞鸡头米。当然不会有船，也没有其他趁手的工具，只能是挽起裤脚下水。有些地方淤泥很深，水草很盛，心下不免有些慌张：要是像传说中那样被陷进了水底，连喊救命都没人能听到呢。

这时抬头，见李鹏怀正诡诡然往我的方向走来。他也同时发现了我，四目相对，他犹豫了一下，终于没有转身，而是慢慢地挪近，慢慢地挽起裤脚，慢慢地入水，和我站到了一起。而且，他摘下的鸡头米，也直接扔到了我摘下的那一堆里。整个下午，我们收获丰厚。太阳偏西时，上岸洗脚，我们将鸡头米一分为二，各自回家。从头到尾，没说一句话。

第二天，小伙伴们盼望的各类游戏，又蓬蓬勃勃地重新开展起来了。

那个时节，我们决然想不到，这种生长在乡野水塘里的鸡头米，还曾引得唐明皇李隆基上演过相当少儿不宜的戏码。《新唐书·杨妃传》载，杨贵妃出浴，微露一胸，明皇见之，自言自语道：软温新剥鸡头肉。掌故大家郑逸梅先生对此给出点评：千古艳语。

有细心人留意过，鸡头米的花是紫色的，说昼开夜合都不对，因为它只开一个上午，授粉结束，马上一歪头，扎到水面以下孕育果实去了。果实长大，外形与鸡头十分相似，感觉如果给它安上一对眼睛，它就可以伸脖子打鸣了。鸡头米果壳表面布满细密的尖刺，小心地剥开，你会发现，贴着壳的内壁，是厚厚的海绵体，里面均匀藏满了石榴籽一样的果粒，又称芡实。

芡实未成熟时色泽鲜红，可以连壳一起嚼。宋代诗人陶弼有诗曰："香囊连锦破，玉指剥珠明。"听起来，多么美好。可是，成熟的芡实，却相当难剥。郑逸梅先生这样说过："芡肉作丸状，色白，壳殷红如相思子，甚坚厚，剥之不易，故食芡一器，须费若干剥取之劳。且多剥指甲作痛，汁液污衣，虽经涤不去，故佣仆咸视剥芡实为苦事。"

因此，在我们东北，鸡头米从来只能算二类零食。一类零食是炒瓜子，吃起来香，嗑起来容易。过年时节，家家都会备下一个小笸箩，里边装满炒瓜子、炒黄豆和炒花生。其中也可能有炒鸡头米，但基本上就是添彩凑数的。因为想剥开它，正如郑先生所言，非动用钳子或锤子等重铁器不可。

想把鸡头米送进嘴这般不易，那么它到底有什么好吃的呢？郑先生只用了一个小词：清味。这一点，和苏州诗人车前子看法一致："鸡头米的口感之美，难以言传，是一种淡到了极致的美食。"他提供的食法是：在清水中煮十余分钟，再下糯米小汤圆，水要不宽小紧，甜要不满不损，大有瘦劲和丰腴软硬兼施的口感之妙。

车前子还曾感叹，以为鸡头米这么奇妙的东西，只在苏州才有，没想到风雪连天的东北也有。其实类似的感叹，我也能说出很多：一直以为，蕨菜，只在东北才有；一直以为，木耳，只有东北才有；一直以为，地假皮，也只在东北才有。

作家谈正衡说，他安徽老家吃一种鸡头菜，就是鸡头米的嫩茎。吃时，要撕去外皮，但外皮上布满细刺，扎进手指是常事，再小心也没有用。这种嫩茎，还可以用来游戏，少年人潜水，一头用嘴衔着，另一头留在水面上换气。在我老家，也有人勇敢，用芦苇秆换气。我曾好奇地尝试过，可在水底，我不会只用嘴吸气，而鼻子跟着一用力，一线污水就呛进肺管，那叫一个扎心的痛！

诗意水蓼

据可考资料，辣椒被引入中国，当在明代。此前，如果有人想吃辣，该怎么办？水蓼，或许是排位靠前的备选调料之一。

但水蓼并不是一般人能够消受的，翻看作家曾珍的《野菜志》，其中说，水蓼可煮汤，有辛辣味，去牛羊肉腥膻之气。她同时指出，绝大多数人并不知道水蓼可吃，只有资深户外运动人士，才敢打它的主意。

我对"水蓼"这个名字也陌生得很，看到图片时，才心内一动：在东北老家的水边田头，这东西多极了，一向被视为丁点用处没有的野蒿。"水蓼"太过文雅，老家应该另有土名，但我完全不记得了。为此，紧急向朋友们求助。好友吴铁华说叫"水荸棵"，但没能唤醒我的相关记忆。同事李庆玲问了远在黑龙江老家的母亲，传回来的消息说叫"蓼掉子"。这个音，在我听来，倒还有些熟悉的印象。

旧时讲究"父母在，不远游"，偶尔有人不得不出行，送别就是大事。古人闲暇时间多，即使不会像梁山伯与祝英台那样别有用心地缠绵十八里，也依旧难免要长亭更短亭地一送再送一别再别。但送到水边码头，就必须停步了。乘风扬帆，挥棹作别，泪眼所见，多为水蓼。于是，水蓼入诗的机会，几乎与芦苇一样多。比如唐代诗人司空图就说：河堤往往人相送，一曲晴川隔蓼花。

元代诗人朱德润在《沙湖晚归》里写："山野低回落雁斜，炊烟茅屋起平沙。橹声归去浪痕浅，摇动一滩红蓼花。"可是，红蓼花入诗自有苍茫意境，实际长相却很普通，细碎如米，聚合成穗，多为粉红或淡紫色。白居易有《竹枝词》称："巴东船舫上巴西，波面风生雨脚低。水蓼冷花红簇簇，江蓠湿叶碧萋萋。"其中"冷花"一语，堪称抒写入骨。只是，蓼花一般连生成片，讲究以量取胜，譬如"一滩"，才有气势，会令人生出"水上火焰"之慨。

古典小说《水浒传》里所谓的八百里水泊梁山，又名蓼儿洼，可以想见，当年当地的水蓼该何等繁盛。春风乍起，一群鹑衣百结、乱发长髯的草莽，出没于大片粉红淡紫的花丛中，那该是一幅什么样的乱世图景？不过，一直有个疑问，说呼保义宋江最后葬身楚州，大致在今天的江苏淮安，那里也有一处蓼儿洼，这又该作何理解？

说到乱世，我会想起圆明园。刚到北京那年初春，一个人从大东边的定福庄出发，过三元桥，过大钟寺，赴大西边的圆明园闲逛。在无穷无尽的残垣断壁间穿行，一抬头，见到一大片红艳艳的水蓼，似乎一下子就理解了，什么叫作"国破山河在"，水蓼无情，人更无情。又想，当年宋徽宗被金人掳往北地前，画《红蓼白鹅图》，其中那水蓼的模样，历经数百年来，也不会有太大的改变吧。

五代南唐诗人冯延巳曾这样感叹："梧桐落，蓼花秋，烟初冷，雨才收，萧条风物正堪愁。"但水蓼外观朴拙，用以寄托闲愁，稍显勉强。不过呢，其叶片倒是有特点，上面印一枚淡墨色的唇形印记。如果谁好事，据此编一个多情女子伤离别，吻遍水蓼后涉水殉情的故事，倒可能是个现成的素材。

江苏作家李军称，水蓼人畜不食，只能当柴烧。这是不确的。作家李兴彪写过，云南彝人酿造米酒，要用到水蓼。不知其工艺细节，也就不知其功效所在。而且，实际上，陕南一带，会用水蓼做凉拌菜，其要诀是：趁初春时节，选嫩茎叶，入沸水焯透，出锅后迅速浸入冷水，泡一个时辰左右，捞出，再挤干水分，以解微毒。

慈姑只生十二个孩子吗

关于沈从文和汪曾祺这对师生与慈姑的故事，几乎人尽皆知。说汪曾祺去沈家拜年，饭桌上有肉片炒慈姑一味，沈从文嚼一片慈姑后，由衷赞叹："这个好，比土豆格高。"

其实沈从文迷恋慈姑，自有远因。他幼时贪玩，时常错过饭点，若不是母亲总为他暗留一碟慈姑炒肉，他难免要饿肚皮。按李时珍《本草纲目》说法，慈姑每年生十二子，像妈妈喂养孩子一样，因此，慈姑即慈母。对沈从文来说，慈母为他做名为"慈母"的菜，这种温暖记忆，终生难忘，别说土豆，就是他认为慈姑的格比任何山珍海味都高，也不为过。

每读此类饮馔趣话，我往往自艾自怜，因为生于东北苦寒之地，完全无缘体验中原以南美食的种种传说与传奇。可后来，偶然看到慈姑绿叶的图片，我吓了一大跳：这东西，不就是小时候常在水边见到的"水剪子"吗？再看慈姑球茎的图片，我的记忆进一步复活了：这小东西，我分明是吃过的。

往往是深秋，池塘里的水大面积收缩，岸滩的黑泥被太阳曝晒，层层起皮，像鱼鳞一样。我们一群小伙伴在水边玩耍，有时就能从泥土里踢出一种圆圆的小球，闪着琥珀一样的光泽，还拖着一条白白的小尾巴。我们不知道它们从哪里来，也从来没有把它们与水剪子联系在一起。凭空而生的神秘感，加重了我们的疑心：会不会有毒？我们都曾被父母严格叮嘱，来路不明的东西不可乱吃，否则会中毒。但少年人的好奇挡不住，尝一尝的愿望固执无比。正在无限纠结之间，总有人跳出来当急先锋，比如张锋或董成国。他们带头先吃，三五分钟后，没见有什么异常反应，我们也纷纷擦泥巴，搓外皮，小心翼翼地把这些小东西送进嘴里。

生脆是第一口感，这显得很友好，我们乐于接受。第二口，味道有淡淡的甜，这也是友好的，我们更加放心了，因为甜东西很少有毒性。可第三口，则好像有生面粉汁弥漫在口腔的所有角落，并挤进每一道牙缝，用舌头刮也刮不净；而且味道也开始出现浓重的泥土腥，让我们大摇其头，一个接一个把口中的碎渣啐掉。

相比之下，我们有菱角，有鸡头米，哪个不比这种来路不明的家伙味道好？可能也就是这个原因吧，从来都没有大人告诉过我们，这小东西也能吃；当然，更可能连大人们也未必知道，原来这小东西，就是慈姑。

南方也有蕨菜，北方也有慈姑，于我而言，这是令人惊奇的两大植物事件。在东北，野慈姑的个头小小的，想捏在手上都费劲儿，不知怎么可能像沈从文的母亲一样切片炒肉。既然李时珍都说了，慈姑就是慈母，那么如果有人给"姑"字加上草字头，那就大错特错了。只是，我有一事不明，他说慈姑一窝不多不少，只产十二枚球茎，这是真的吗？又有什么道理呢？

实际上，汪曾祺先生本来并不喜欢吃慈姑，因为嫌其味道苦。可是，居北地日久，思念成灾，慈姑在他的想象之中慢慢又变成了好东西。他曾说，在北京，很难买到慈姑。每次好不容易买到，旁边总有人好奇地问：这是什么东西，可以吃吗？因此，他每每为北方人遗憾，这么好的东西，居然不吃。

北方人不吃，日本人却很爱吃。而且，他们对慈姑的叶子，还有格外的崇拜。我们看慈姑叶片像剪刀，日本人则认为像箭头，因此被认为寓意战争胜利，得名"胜草"。战国时代，西日本第一大势力毛利家族，就把慈姑叶片设计成家徽。曾心怀统一壮志的织田信长意外被杀，正在远征毛利家族的著名军头丰臣秀吉急于东归继承信长衣钵，于是匆匆决定与毛利家讲和。谈判桌旁，毛利家大旗上的慈姑叶片，就曾见证了这一戏剧性的历史片断。

莲藕有孔

爱人不知在哪个饭局上吃好过一次藕尖，从此念念不忘。终于有一天，从超市拎回好几袋，急不可待地撕开，吃得津津有味。可我一看一尝之下发现，这明明是笋尖好不好！说起来，东北人完全可能这样的：藕与笋，傻傻分不清楚，因为这两样东西于我们而言，实在是太陌生了。

人在深圳，常在菜市场里遇见成堆的莲藕，却从来没动过买的念头，因为根本不会料理它们。有机会在各种场合吃莲藕，我一般也是尝一两片即止。食物记忆固执褊狭，没有童子功，就不容易产生亲近感。甚至连莲藕有孔，也会成为我抱怨的理由。一口咬下去，一部分牙碰到了实际内容，另一部分牙则一下子走空，瞬间的不踏实感，会微妙影响进食的乐趣。我的同事老赵则不同，他一见莲藕，两眼放光。没准对他来讲，那种一口咬到虚空处的感觉，反而是最大的乐趣所在呢。

没错，老赵是湖北人，老家离洪湖不远。早年，有一部歌剧电影，游击队长韩英在其中唱道："遍地野鸭和菱藕，秋收满畈稻谷香，人人都说天堂美，怎比我洪湖鱼米乡。"小时候一直没听清"满畈"两个字到底说的什么，因此每次哼唱，都是稀里糊涂蒙混过去的。畈的意思，是乡村路两旁同样大小的农田，这个概念对东北人来说，要比莲藕更为陌生。

在东北，也有莲花，散漫分布在旷野的水泡子里。但我们只看花，不挖藕。后来请教老赵才知道，原来湖南湖北人吃的莲藕，多数是种植的家菜。可在我的内心深处，对于莲花居然不是野物，还是一直难以接受。不过听朋友说，现在辽宁也产藕了，而且还是冬季收获，凿冰采挖，其场面之壮观，与吉林查干湖冬季捕鱼有得一拼，最适合惹那些少见冰雪的南方人跳脚惊叹。

藕是莲的地下茎，肥大有节。掌故大家郑逸梅先生说，藕以一节者为佳，双节次之，三节又次之。北方人对这类细节辨识无感，只好这样变通理解：是不是相当于说独头蒜更辣一些？藕被折断后有丝，所谓藕断丝连，是完全写实的。藕有管状小孔，按其数目，分为七孔藕和九孔藕。据说七孔者是红花莲，外皮褐色，体形短粗，生吃味道苦涩，做熟后则又沙又甜。而九孔者是白花莲，其藕银白，瘦长，生吃也脆嫩香甜。藕有孔，正好可为美食爱好者钻空子。在南京，我吃过一种加工复杂的藕，是用紫糯米加冰糖，塞进藕的孔洞，入锅文火慢熬而成的。平心而论，必须给两个字：好吃。

至于爱人迷恋的藕尖，并不是字面理解的"藕的两端"，正确的名称应该是藕带，即莲花的地下嫩茎，一般在五月份采摘。夏秋之际，藕带进一步发育膨大，就变成了真正的莲藕。所以呢，藕尖不是尖，而是幼年藕。

从小，我们一直接受一种简单的类比教育，比如赞美莲花高洁的品格，因为它出淤泥而不染。实际上，莲的叶与花，是出淤泥而不染，可藕却要一辈子与污泥为伍，那么当你礼赞花的时候，考虑过藕的感受吗？

关于藕，郑逸梅先生还讲过一个轶事，说有一天，唐明皇李隆基见杨贵妃穿的裤袜上绣有鸳鸯戏莲图，便调笑道：贵妃裤袜上，是真鸳鸯真莲花吗？杨贵妃不解，啥意思？李隆基说：要不然，其间为什么会有白藕呢？略微费解是吧？我倒是一直觉得，只有这样的段子可信，白居易《长恨歌》里唏嘘咏叹的爱情才可信。

说起来，年少时，理解《长恨歌》，还真是有困难。像李隆基这种令花花江山一度残破的家伙，不就是一个标准的坏人吗？而坏人，不都应该像日本鬼子或白匪军一样，逮住漂亮女人就把人家的高跟鞋弄掉到床脚下吗，他们怎么也可以有值得歌颂的爱情呢？

未名湖有荇菜

　　第一次见到著名的未名湖，是去北大采访一位女生。我准时到达约好的湖边，只见她远远地走来，有高挑的身形，有姣好的面容，那个年代最流行的马尾辫在她脑后飘扬，仿佛青春的旗帜。就是这样一个明朗的女孩，却劈头告诉我，她得了一种奇怪的病，叫红斑狼疮。这是一种免疫缺陷症，潜伏期很长，身体表面看不出什么明显症状，可一旦发作起来就是致命的。至于什么时候发作，以及为什么会发作，连医学界也解释不清。

　　而她所能做的一切，就只有等待。这种等待，也就是漫无边际的绝望与恐惧。

　　整个下午，在湖边长椅上听她从容讲述，我的心思常常是游离的。望着她生动美丽的脸庞，我试图安慰自己：反正我们最终的结局，都是要告别这个世界，她也只不过可能是比我们提前一步而已。但是，这样的安慰，对我全无用处。恰恰就是这种提前一步，让人完全无法释怀。未名湖静默，博雅塔倒影清晰，绿头鸭缓缓游来又游去。那时候，多么希望自己能像一个不小心摔倒却怪地面的孩子一样，把一腔怨愤暗暗丢给了湖上大片大片的睡莲：你们什么都不知情，你们什么都不关心，你们永远都那么无动于衷。

多年以后，读北大教授刘华杰先生的《博物人生》，我惊讶地发现，当年未名湖上被我无辜责骂过的，并不是睡莲，而是荇菜。就是《诗经》开篇第一首《关雎》中写到的荇菜："参差荇菜，左右流之；窈窕淑女，寤寐求之。"也是唐代诗人薛涛在《菱荇沼》中写过的荇菜："水荇斜牵绿藻浮，柳丝和叶卧清流。"睡莲与荇菜最明显的区别，是前者的水上茎无节，而后者有节。

古籍《唐本草》称："荇菜生水中，叶如青而茎涩，根甚长，江南人多食子。"但从哈尔滨到广州，从北京到深圳，从贵阳到上海，从香港到台北，我没有在任何一家南方或北方餐馆里遇到过荇菜。没有谁能告诉我，荇菜为什么退出了食用的队伍。也许是因为口感不够好，也许是因为产量实在低？

徐志摩《再别康桥》里有这样的句子："软泥上的青荇，油油的在水底招摇。"其实，他所指的未必就是荇菜。诗人爱用略微生僻的字词，以制造一种疏离的语境，这是写作的常规秘密。因此我相信，对于荇菜，徐志摩是无所用心的。

我在写小说《我的朋友孔丘》时，也曾无所用心地把《关雎》改写成白话文："啾啾的水鸟在欢唱，一对一对游在水中央；想我那窈窕文静的妹妹，真想拜倒在你石榴裙旁。长长短短的荇菜，我在水上左左右右地捞；想我那窈窕文静的妹妹，日日夜夜在我心里头漂。"

实际上，这时候，荇菜到底是什么，我并不了解，也并不关心。我只是在摆弄文字，追求一种语境上的美感，迷恋并热爱其中的淡淡古意。而且我还不知道，我是见过荇菜的，就在荇菜之侧，曾与那样一个美丽又脆弱的生命擦肩而过。

二十年了，生活变动不居，我和那个北大女生早已失去联系。真希望有机会能在未名湖畔再见到她，她一定会有更多的故事讲给我听。我已经盘算好了，只要抓住一个空隙，我就将这样插话："你知道吗，那片水面上长的并不是睡莲，而是荇菜。"她听到这样的话，会诧异地责怪我没有认真听她讲吗？

菱角鲜

在深圳梧桐山下横排岭村一家湖北菜馆吃到素炒嫩菱角时，我们一大群人不知不觉哼唱起了那首著名的民歌《采红菱》："我们俩划着船儿采红菱，采红菱。"歌是这么唱的，但我分明注意过，好多电影电视上，江南姑娘采菱角，并不划船，而是坐在一种窄窄的腰子盆里。江南的朋友请告诉我，这种习惯，有什么特别的讲究吗？

在东北，水少，船就罕见，我们采菱角总是很费力。而且，采菱并不是日常，多为淘气孩子的一时兴起之举。所以鲁莽些的，会直接脱鞋扒衣，一步一步涉入齐腰深的水泡子里。那里的陈年烂泥与腐败水草，会给人一种不知名的危险感。如果是有备而来，就可以拿一根长木杆，在前头钉几枚长钉，探进水里，挂住菱盘，往岸边拖。如果嫌从家里扛出木杆来太沉太麻烦，还有更简便的，拿一根绳子，一头拴一块石头，往水里扔，再往回拉。一塘菱角，差不多全是根茎相连的，只要牵住其中一棵，就能将一大片悠悠拖到眼前。

安徽作家谈正衡在《童谣思故乡》里说，有一种水红菱，颜色深赤，气韵生动，一篮子水红菱就是一篮子花。难怪，江南出大画家。北方的菱，年轻时绿，年老就变黑了，基本上和泥土一样颜色。谈先生又说，水红菱极好剥，抓住两个角一掰，元宝形的莹白菱肉就跳将出来。而在北方吃菱角，那叫一个费劲，刀子、剪子、锤子、钳子，几乎要十八般武器上阵，非铺排出大刑侍候的氛围来不可。

我们小时候，菱角也就是个零嘴，用来吃着玩的。可江南人不一样，他们能吃出规模，吃出气势。据谈正衡先生介绍，收菱季节，江南水边人家每天都会飘出焖菱的香味，腾腾热气中，揭去锅上盖着的大荷叶，下面是满满的菱角，一家人齐动手，咔嚓咔嚓开始菱角晚餐。水红菱品质好，入口无渣，满口甜浆，并合着袅袅清芬。

类似的场景，我们东北也是有的，不过，主角是初秋时节的青苞米。所谓金风吹爽，星河满天时，家家户户都把饭桌摆到院心，灶上大铁锅里，煮着冒尖的青苞米，随着滚滚热气一起蒸腾的香味，也是馋人极了。说起来，苞米与菱角，都是未成年时招人喜欢，等到长成，苞米就变成粗粮了，而老菱角的肉，一般也没什么吃头，一坨淀粉，几乎接近一块死面疙瘩。

菱角开花，成双成对，授粉之后，马上垂下叶腋，入水结果。因此，菱角自然也是对生的。抓起菱盘，采到一枚菱角，不用看，对应的另一边，肯定还有一颗。菱角的根，我也是有印象的，铁丝状，水有多深，根就有多长，一头扎到泥土里，像风筝线一样。

以掌故独步天下的郑逸梅先生在《先天下之吃而吃》中

说，菱分多类，两角为菱，三角四角为芰。江南种菱，选最老的乌菱，仲春时节撒入塘中，着泥即生。而且，农人还可以施肥，用粗大毛竹管，打通关节，贮肥其中，注于水底。劳动有智慧，此为一例。因此，作家刘旭东在《吾乡食物》中说，采菱与其他农活相比，简直是娱乐。

郑逸梅先生长于民国时代，他的小学课本中有这样的歌谣："青菱小，红菱老，不问红与青，只觉菱儿好。好哥哥，去采菱，菱塘浅，坐小盆。哥哥采盈盆，弟弟妹妹共欢欣。"这个，与《捉泥鳅》的意境相似，"大哥哥好不好，咱们去捉泥鳅"，在我听来唱来，哥哥与妹妹都不是亲哥哥与亲妹妹，而有一种别样的情愫在里头。过来人都懂的，一旦少年情动，采菱角与捉泥鳅，都是极美极美的。

谈正衡先生还说，有时候，会不小心采到臭菱角。菱角为什么会发臭呢，是因为被乌龟咬过了。一说，存疑。

蒲棒咬一咬

说起来已是一九九九年前后，在长春市绿园区青年路，我家西侧的荒地还没有开发之前，成片的水洼里长有一人高的蒲棒草。秋日安闲的午后，常带女儿去水边玩耍。我会兴致勃勃地给女儿讲，小时候怎样拿那种蒲棒当玩具。

你也知道的，蒲棒看起来就像香肠，实际上是由无数根丝毛紧紧挤压在一起组成的，我们就把蒲棒横放到牙下咬。咬轻了，没效果，只能留下一排牙印；咬重了，更不行，会直接惹一嘴毛。必须适度地咬，像拍照片按快门一样，一点一点加大力度，突然之间，那些丝毛就会鼓起一排整齐的棱。再咬，又会鼓起一排整齐的棱。

女儿歪着头问："然后呢？"我说："没有然后了。"女儿大笑："那有什么意思呢？"我仔细想了想，是啊，是没有什么特别的意思。可那时候的寂寞少年，能体验这样的一咬一鼓，就已经是一切的成就了啊。

但在我们小的时候，确实听大人说起过，蒲棒草有些部位可以吃。至于是哪些部位，则没谁能说得准了。问过许多朋友，只有出身江苏连云港的刘新平老兄说，十几岁时，他在老家吃过蒲棒的嫩芽，至于是花苞的嫩芽还是草茎的嫩芽，他也说不清。明代学者顾过倒是有诗："一箸脆思蒲菜嫩，满盘鲜忆鲤鱼香。"蒲菜能和鲤鱼相对，猜想当年应该是普通人家常见的食蔬。

说起来，印象中，从来没见过蒲棒草的嫩芽，好像它们生来就长得那么高大。而说到蒲棒草花的嫩芽呢，一个难解的问题是，当它们还被包在壳内、紧紧夹在叶片中间时，我们根本就没有办法发现它们；而等到引起我们的注意时，它们就已经从叶片中间钻出来，不再适合吃了。

有一次去山东曲阜，在孔庙旁边的一家饭店里，发现了一道菜名叫蒲棒里脊，我二话不说，当场下单，心里想，到底不愧鲁菜，果然有深远传统，看来这一次，真能吃到蒲棒了。结果，端上桌来的，是一盘子肉末捏成的圆棒，插在竹签上，只是样子像蒲棒而已。于是一桌好友，相对大笑了一回。

在我老家，蒲棒叶也就是蒲草另有用处，主要是编炕席。在地板革还没有普及之前，上等人家是用高粱篾编席子，光滑结实，时间久了会磨得油光闪亮。稍困难的人家，则用蒲草。蒲草易得，但是相当脆弱，炕桌腿随便一蹭，就会扯断一根，一根断了，整张席子就开始散架。在没有电视冰箱的时节，乡下人家进门看炕席，最为忌讳的是炕席有破洞，露出炕面的泥土，这种人家，穷是一定的，家主人尤其是女主人不会过日子也是一定的。有女儿，一般不考虑嫁入这样的家庭。

著名红学家俞平伯先生的曾祖父俞曲园老先生这样写过蒲

草："忍寒苦，安淡泊，伍清泉，侣白石。"也许，是从小被迫在课本中一篇一篇地读杨朔式的借物咏人散文伤到了，一直觉得如此礼赞植物，总是别有用心。蒲草这种没人管没人收的东西，造物安排它在水边生长，进化让它的先祖具备了在寒冷地带存活的本领，天然如此，有什么好格外夸奖的呢？比如你说它"伍清泉"，可是如果种子落在了臭水沟，它就只能与污泥为伍，又何曾有得选择呢？

湘莲与雪芹

寓居深圳，逢八九月，街头或菜店往往有莲蓬带茎叫卖，一株一顶，自带水气与香气。不过我一直没下决心买过，因为不知如何处置料理，怕不小心坏了对莲子的诗意想象。

大学时，为了哄城里女友暑假跟我一起回乡下老家，曾咬牙骗她说，去我家，要乘火车倒汽车再换木船，在船上，就能看到大片大片的荷花。结果到今天，爱人还是不能原谅我关于坐船那一部分的谎言。但是，看荷花的诺言，则是兑现了的。只是老家的荷花分布有限，观赏还来不及，从没有人想过挖藕，或者采莲蓬。

而梁实秋先生自述，少年时游北京什刹海，必买莲蓬回家来剥。他说莲实有好几层皮，去了硬皮还有软皮，最后剔出莲心，方能入口。这个，有什么特别奇怪的吗？花生也有好几层皮，去了硬皮还有软皮。而要判断栗子是不是好品种，一个重要的考量因素，就是看它的内层软皮会不会随着硬皮一起脱离果肉。梁先生在《雅舍谈吃》里，还批评过韩国的栗子呢，说它大而无当，并且糊皮，不足取。

有一天回家，在楼下见一位清秀女子正在与一个大号纸箱搏斗，我上去帮她把纸箱拖进电梯，又帮忙给她送回了二十二楼的家。我好奇，什么东西如此沉重？她笑说，是莲子，她做这个生意。只见她，三下五除二拆开包装，掏出一大袋莲子，塞进了我的怀里。我一时推辞不掉，只好美滋滋地抱回了家。

第二天早晨煮粥，放了一大把莲子，那种清香滋味，让颗粒饱满的东北大米都变得轻盈起来。梁实秋先生说过，八宝粥在全国各地版本不同，其中的八宝并没有一定之规，但是，无论南北东西，莲子从来都是必不可少的。其地位如此崇高，果然是有道理的。

身边曾有湖南与湖北的朋友争说自己家乡的莲子好，结果有人抛出一句"湘莲"就迅速结束了官司。我知道，《红楼梦》里有一位柳湘莲，那么是不是意味着，当年的曹雪芹，就已听说过"湖南莲子最好"的说法呢？等一下，湘莲与雪芹，在意味上，似乎还有勾连。据称，雪芹出自苏轼的《东坡八首》之三："泥芹有宿根，一寸嗟独在。雪芽何时动，春鸠行可脍。"也有人称，是出自苏轼弟弟苏辙的《新春》之一："佳人旋贴钗头胜，园父初挑雪底芹。"

辛弃疾则有词说："最喜小儿无赖，溪头卧剥莲蓬。"幼年初读诗，最爱这一句。为啥呢，因为我是家中老幺，无赖是常态，有人"最喜"，自然会给我巨大的安慰。在这一点上，我的理解应该比作家萧红幼年时的表现成熟一些，她初学诗，最爱"两个黄鹂鸣翠柳"一句，以为其中的黄鹂说的是好吃的黄梨呢。

据信，莲花原产中国，作家周文翰在《花与树的人文之旅》中说，河南郑州北部大河村的仰韶文化房基遗址发现过两粒炭化的莲子，就是说，在五千年前，古人可能就已经食用莲子了。还曾有新闻说，浙江发现过旧石器时代的莲子，后经培育，居然成活。这个有点太过神奇了吧，不知是真是假。

在北京圆明园，看水蓼之外，我也看过残荷。秋风紧，阔叶枯，莲蓬委顿，色泽褐黑。于是便想："天宽地广，生命无常，荷花败了明年会再开，可我们呢？"一念至此，不及有涕，便已开始痛骂自己：这种感慨，实在太廉价了！收起来吧，紧走几步去蓝旗营逛逛万圣书园，才是正经。

荸荠到底有多嫩

爱人主持的心理咨询研修班春季开课，照例请学员们吃升火饭。其中有两位美女来自广东湛江，所以椰子鸡一向是保留项目。其他人未必那么喜欢，可是看着她们吃鸡时兴高采烈的样子，也都会感到很享受，这是真的。

点菜时，肥鸡之外，还叫了羊肉和蔬菜，其中就有荸荠。关于荸荠的读音，几个人起了小小的争执。我凭印象，说是"毕基"，马上有人反对，说听起来像一种布的名称。刘庆东老师到底学问大，说叫"鼻齐"，齐发轻声。这应该是正确的。可是，这个读音冷不丁听起来有点像鼻涕，不是吗？

这一天吃到的荸荠，和平常吃的不大一样，个头小不说，还完全不脆，而是韧韧的，需要牙齿格外用力才嚼得碎。座中有人主张质问一下店家，为什么竟然以次充好；另有内行人马上阻止说，这样的荸荠有可能是野生的，反而珍贵着呢。

对于荸荠的家生野生，我基本插不上嘴，因为作为东北佬，荸荠于我全然隔膜。在我家的烹饪历史上，荸荠从来没有在案板上出现过。别说煎炒蒸煮，就连怎么样收拾料理，我都一窍不通。在饭店里，每一次与荸荠相遇，都会有第一次品尝的新鲜感。月是故乡明，菜是童年香，没有办法。

而且在我吃来，荸荠与山药相似，给舌头的第一感觉，就是一股强烈的淀粉味，顶多有一点微弱的甜，又显得怯生生的，永远比不上我东北大土豆，会给人一种又甜又沙又充实的饱足感。

但在菜店或超市里，我喜欢流连于荸荠摊前，喜欢它们那一副"你看不上我，也惹不起我"的样子。荸荠又名马蹄，有人不免会对这个名字生疑：哪里像马蹄？对于这样的问题，我完全能够理解，因为对于一般人来说，见到完整马蹄的机会实在是太少了。

在我小的时候，母亲在兽医站工作，我常去那里玩，其中百看不厌的一项工作，就是给马挂掌。一匹高头大马，被五花大绑拴到木桩上，兽医拔起马的小腿，让它顺势打弯，马蹄平时触地的一面就翻过来了。把乌黑的铁掌摆到马蹄上，把烧红的掌钉敲进去，随着一股青烟散发出来的味道，有人说是臭，在我闻来却有一股焦香。更小的时候，我还一直担心，马蹄上被砸进去那么一大块铁，马一定会无比疼痛吧。现在想一想，马蹄正面的纹路结构与沟回分布，还真是和荸荠一模一样。

作家谈正衡是安徽芜湖人，他在《童谣思故乡》一书中说，年少时节在乡下，几乎没见过橘子和香蕉，他和小伙伴一向把野荸荠当零食来吃。对此，我也有同感。二十世纪六七十年代生人，大抵如此。因此，这不算是诉苦，反而，因为我们自己开发零食，还稍稍有一点骄傲。只是，据说，这种田园牧歌式的乡村生活，如今已经难寻踪迹了。

谈正衡写挖野荸荠，有一线心得。他们也是用铁锹，在水边荒滩上，翻开淤泥，野荸荠一个一个露出来，还连着网状结构。在谈先生看来，这些网相当于脐带，它们原本是白色的，等到野荸荠成熟，就变黑了，变空洞了，像"一条朽烂的鞋带"。

北方有地三鲜，茄子、土豆和青椒；南方有水三鲜，莲藕、菱角和荸荠。郑逸梅先生在《先天下之吃而吃》中说，南昌产的荸荠特别嫩，嫩到什么程度呢，就是千万不可以掉到地上，万一不小心掉地了，立即就会被摔烂，完全不可收拾。其嫩果真如此？江南人夸张起来，简直能要人的命。

论西洋菜

　　移居广东，第一个喜欢上的本地青蔬，不是苋菜，不是儿菜，也不是红菜薹，而是西洋菜。这种菜，色泽饱满，口感脆嫩，既有芥菜的苦又有菜心的甜，因此几乎取代了皇帝菜在我心目中的崇高地位。

　　不喜欢叉烧，也就是广式烤肉；不喜欢腊味，而这是肉在南方的常规待遇；不喜欢喝汤，尤其不能接受肥猪肉煮汤；不喜欢无辣，而广东人则畏辣椒如猛虎。于是有朋友不客气地质问我：那你干吗要来广东呢？我一时无言以对，只好为自己狭隘无理的饮食趣味深感歉疚。

　　那一天，偶然在深圳罗湖老区中兴路上，发现了一家沈阳人开的北京火锅，紫铜，烧炭，仅这两样，就已让我食指大动。我不顾众人的反对，坚决地坐下来，再不肯挪动半步。其实，这是我的夸张，当时，并没有人反对我的决定，一群朋友随我围着老式火锅团团坐定的样子，像是一群听话的小学生。因为那一天，是我的生日。

羊肉片、土豆片、大白菜、宽粉、冻豆腐列队摆满桌面时，我的舌头已经提前误以为回到了北方。火星在头顶三尺处噼啪作响，感觉对了；羊肉一不小心就会粘到火锅的内壁，感觉也对了。我当时的表现，完全像一个暴君，逼迫所有人自制调料只能选用芝麻酱、韭菜花和腐乳汁，外加蒜末和葱末。顶多顶多，作为变通，允许纯广东籍人士稍微添一小勺海鲜酱油。否则，我认为，吃北京老火锅，你用沙茶酱，你用生姜粉，连羊肉都会在釜中暗暗抽泣的！

来广东整整一年，第一次把饭吃得如此畅快淋漓。几乎可以说，我的南方饮食生命，至此得到了拯救。而且，一个非常重大的收获是，我发现了一个新伙伴，名字就叫作西洋菜。碎叶小巧，似南方女子般纤弱；接近野地青草的新鲜气息，足以顶替皇帝菜南移之后已全然消失了的凛冽风味。北地的羊肉片，与南国的西洋菜，可以搭建如此和谐的共生关系，这应该给了我一种非常良好的生活暗示。

问过很多朋友，多数人居然不知道，西洋菜是水生植物，而且还是野生种。二十世纪初，广东一位黄姓生意人，远赴葡萄牙经营店铺，没多久就不幸罹患传染性肺炎，被当地人无情地赶到野外等死。饥寒交迫的他，万般无奈之下，靠采摘浅水边一种野生的"水菜"维生，不想大半年后，肺病居然不治而愈。于是他把水菜种子带回广东种植，"西洋菜"就这样在南中国的溪头、湖畔与河边扎下了根。

说起西洋菜治病的神奇功效，当然并没有得到实验数据的强力支持，最大的一种可能是，这位黄生的肺病是自愈的，赶巧他正好大吃了一番西洋菜。生活中有很多这样的巧合，比如感冒，一种药连吃三天，怎么不见效？换一种药又连吃三天，怎么还不见效？再换一种，见效了。从此，在你的潜意识里，会隐隐地认定，第三种药最好。其实，感冒七天自愈，碰巧而已。

在我的饮食地盘上，被西洋菜驱逐出境的皇帝菜，就是东北的茼蒿。茼蒿分两种，一种大叶，一种小叶。北京人口中的茼蒿，说的是大叶，粗看起来，更像油麦。东北人所指的茼蒿，则是小叶，略似艾草，但浑身无毛。广东人对此无所适从，只好另辟蹊径，把小叶茼蒿称为皇帝菜。

旧爱远去，新欢就位，可在日常饮食实践中，却有一个问题令我困扰，那就是西洋菜并不是随时都能吃到的。夏天没有，秋天没有，冬天没有，只在春天才肯现身报到。在一年四季花红草绿的岭南，这样的情况是相当少见的。在我想来，西洋菜的时令性这么强，应该是还保留了一点野菜的禀性和脾气吧。

记得有一次寻西洋菜不遇，请教了一下同事余秋亮，他给出了很标准的答案：再过一个月才能吃到。从此，我就有了一种固定的印象，想吃西洋菜，马上会问秋亮：现在是不是吃西洋菜的季节？搞得好像他是个专家一样，连西洋菜上市的时间，也由他来全盘掌握。

第三辑

南方口感

藜蒿果然主治邪气

生平第一次尝藜蒿，是在江西南昌，紧邻赣江的一处私人会所，距离名闻天下的滕王阁不足百米之遥。秋水共长天一色时，酒已过三巡，桌上几位老板开始为近期落马的若干官员鸣不平。他们的情绪十分激昂，语气十分尖锐，看起来似乎有几分表演色彩。其背景是，他们中的一位，因为与某高官有牵连，也被关起来两月有余，刚刚放出来。

这酒局，本该以我们这些从深圳赶来的记者为中心。但我们知道自己采访是假，拉赞助是真。他们也知道我们采访是假，我们也知道他们知道我们拉赞助是真。因此，遭到忽视，我们好像也没什么可抱怨的。只是，他们的音调实在太高了，而且反反复复几句车轱辘话，酒桌上空二十厘米处，已经显得有些乌烟瘴气。这时，仿佛还有另一个我，悬在半空中，死死盯着桌旁的我，万分担心几秒钟之后，我将全然不顾基本礼貌，突然起身，扬长而去。

这时候，藜蒿上桌了。

同席的女助理轻声为我介绍，这是一种野蒿，长在鄱阳湖畔浅水滩上。早年间，没有人吃它，农民会成捆成捆割回家去喂牛，现在，却变成了餐桌上的宝物。伸出筷子之前就已经让我心动的，是藜蒿的绿，像刚出土的玉，透明，水润，纯净素淡。入口，则是生脆的脆，感觉牙齿还没有真正碰到它，它就已径行自我了断。而我刚想感叹它的甜，又发现不是甜，而是甘。甜在舌尖，甘却在舌根。三五口过后，正准备下咽时，却发现没有什么东西可咽了，因为藜蒿已经化成水，流淌进了我的食道。

　　我知道好食物正是这样，会自己营造意境，让你身处喧闹，却能看见内心深处的芳草萋萋与水波不兴。女助理说，这个藜蒿又叫蒌蒿，古人在诗里也写过的。我想了想，应该是这个："竹外桃花三两枝，春江水暖鸭先知。蒌蒿满地芦芽短，正是河豚欲上时。"不知苏东坡地下有知，会不会为自己骄傲，他的诗，收获了满座粗声大气的钦佩。

　　由此，两筷子藜蒿下肚，我已变得心平气和，也能满脸堆笑与老板们插科打诨了，整桌氛围立时融洽。《本草纲目》草部第十五卷载："藜蒿入药，主治邪气。"好个李时珍，果然诚不我欺。

　　第二次吃藜蒿，是在深圳东郊梧桐山艺术小镇。承我的朋友小宝拜托，驻镇画家余欢为我们做游玩向导。闲聊中得知，余欢是江西人，我马上兴奋起来，说在南昌吃过一种藜蒿，至今念念难忘。他略略一想，说："是泥蒿吧？"我很肯定地说："是藜蒿。"然后我提供了一些关键信息，包括鄱阳湖、野蒿、浅水滩，以及绿、脆、甘等，对这些，他全部予以认证，于是我们达成共识，东西肯定是一种东西，但各地方言的表达会有不同。

晚饭时，余欢就带我们去了横排岭村桥头的一家湖北菜馆，他不带偏见地说，洞庭湖的泥蒿和鄱阳湖的泥蒿不相上下。不过这一次，我犯了一个小错，同意用腊肉炒藜蒿了。我发现，期待中那种纯粹的野草气息，遭到了肉的破坏，可余欢却非常喜欢，说这正是他记忆中的童年味道。

第一次见面，其实都还没来得及求证他到底是"余欢"还是"于欢"，他就在饭桌上给我们讲起了家族的故事。祖母强势，父亲善良，因此祖父的遗产，未能足额分给父亲。还有诸多生活细节，与一般传统大家庭相似，亲人拙于沟通表达，往往会在有意无意间互相伤害。余欢当时还是个初萌心事的少年，抬头看着父亲的痛苦，低头抚摸细瘦的胳膊，深深为自己的无能为力而暗暗难过。

那是一次绵长的讲述。坐在我们面前的余欢，仿佛又变回了昔日那个忧伤的少年，对爱，有执着的信靠，可是，却发现，在利益面前，爱如此不堪一击，因而困惑；但即使困惑，爱在心中，依然没有消失，矛盾不止，纠结不止，因而痛苦。我知道，余欢肯这样表达，是在努力地自我疗伤。我更知道，因为余欢的信任，我对藜蒿的印象，已变得更加生动美好。因此，梧桐山巨大的黑影压迫下来，其他的汤菜都被店主端走加热去了，轮到藜蒿时，被我轻轻摇手阻止：不需要。

吃贵州的豆腐

想不出还有什么菜品能比豆腐的花样更为丰富了，作为纯中国制造，我们对豆腐的开发可谓不遗余力。掐指一算，豆腐的种类就有不少，大豆腐、小豆腐、干豆腐、水豆腐，还有千张、豆皮、腐竹等等。尽管其中有些项类如干豆腐和豆皮相差无几，但味道与口感毕竟有异。而在贵州，我又吃到了豆腐颗。这个名字，像贵州的地名一样怪，羊场无羊，牛场无牛，而豆腐要么论块，要么论张，怎么会论颗？

当地朋友介绍，做豆腐颗，需要一种特殊的模具。先是把大豆腐与蔬菜碎末搅在一起拌匀，然后放入这种圆形模具中，入锅油炸，外头迅速结成一层硬壳，里边的豆腐却依然水嫩。这就是所谓的豆腐颗。

上桌前，要把每粒豆腐颗都划上一刀，形成一道深深的伤口。随它们一起端上来的，还有一大碗菜，以野生折耳根为主，配有葱、姜、蒜及酱油。吃法简单，把折耳根塞进豆腐颗的伤口，然后整个放进嘴里。

对这类新奇吃食，我向来当仁不让。跟着朋友有样学样，一粒入口，豆腐的香与折耳根的腥混融在一起，几乎是在发生化学反应，让我的舌根与鼻腔同时受到了强烈的冲击。朋友说，这种吃法，是仡佬族人发明的。当年在插旗山上，有一座灵岩寺，一位小尼姑不小心把一块豆腐掉进了热灰堆，后来发现，豆腐被烤得焦脆金黄，掰下一块一尝，鲜美无比，再配上半苦半腥的折耳根，简直让人欲罢不能。从此，烤豆腐成为寺院斋席美食，后流入民间，慢慢演变为今天的豆腐颗。

望着窗外与高楼比肩的连绵青山，嚼着有故事的豆腐与地产的折耳根，人在贵州的感觉这才真切起来。

说来也怪，人类的口味还真是复杂，甜与香之外，还有不少人迷恋辣与酸，更有一些人，比如我，对苦与腥也不排斥。这个折耳根，又名鱼腥草，还果然是腥，因此，在饭桌上能舒服享受的人并不多，比如以写美食著称的作家汪曾祺，就明确表示过，对鱼腥草从来敬而远之。而这一天座中也有几位女士，居然只吃豆腐颗不配折耳根，在我看来，简直是买椟还珠，暴殄天物。我也自问过，为什么会对各路腥膻乐此不疲呢？一种可能就是，这陌生刺激的味道，至少在舌头上，满足了我对丰富未知世界的暗暗向往。

但鱼腥草的腥之所以容易接受，显然是因为它与辣不同。辣椒的辣，一旦在口腔弥散开来，就会久久不消，缠绵折磨人。而鱼腥草则不然，它只在嚼的时候腥那么一下，等到咽下肚，腥味就自动消失了。这一点，与苦瓜相似。如果说苦瓜也像黄连一样苦起来没完没了，那就没人敢吃了。况且，鱼腥草之外，还有豆腐，在起着温柔的中和作用。

同样是鱼腥草，贵州人主要吃根，四川人主要吃茎叶，他们倒是挺合手。事实上，鱼腥草是获李时珍《本草纲目》承认的药材，主攻清热解毒。若干年前，鱼腥草还被提炼过纯中药制剂用于注射，可治疗肺部感染等疾病，一时成为中药现代化和国际化的先锋。可惜后来临床发现，副作用极大，还曾出现过敏死亡的病例，遂全面停用。

大地的皮肤

在朋友魏剑美的老家湖南永州，也就是唐代文学家柳宗元笔下"产异蛇"那个地方，我们没有吃到蛇，却吃到了地假皮。幽深的柳子巷，带天井的土菜馆，随风摇晃的朦胧灯光，暗红色的鸭血炖鸭头，所有这一切，都因为像流水一样淌进胃里的酒，而变得印象模糊了。但是，那一盘原来躲在餐桌角落后来被我抢到眼前的地假皮炒鸡蛋，却因为嫩黄的色泽与浓郁的香气，在我的记忆碎片中拥有着极为鲜明的形象。

当时让我惊奇的是，永州产地假皮的味道，与我小时候在老家吃的一模一样。湖南与吉林，相隔何止千里，习俗何其不同，居然能拥有同一种味道，殊为不易。况且，用鸡蛋炒地假皮，也是永州人和我老家人共同的首选。其实我知道，这种习惯更多是出于物理原因，因为鸡蛋可把地假皮包住，从而方便入口。否则，地假皮太薄太嫩，直接入锅爆炒的话，分分钟都有可能化成水。

一直觉得，"地假皮"这个俗名，比它的学名"地衣"更合理。大地的一层皮肤，即便是假的，也比衣服更为形象，会让它与泥土的关系近上一层。可永州的朋友说，他们是把地衣称作"雷公屎"的。等我进一步确认了"屎"字之后，当场大笑不止。用这样的脏字入食品，谁说江南人文雅？不过，这也说得通，雷公先生业务繁忙，只好随地大小便，所以，雷公屎，往往是在第一场雷雨天里开始出现。

偶尔回老家，与大哥聊天，他说，现在的年轻人，很多都不认识地假皮了。就算认识，也不知道该怎么采摘怎么清洗了。就算知道怎么清洗，也做不出当年的味道了。他的怀旧总是很容易打动我，与吃地假皮习惯一起消失的，还有春节糊纸灯笼，夏天摘黑天天儿，秋分采松蘑和榛蘑，以及冬天在山坡上挖雪洞。美好已逝，无以追回，为了让自己释怀，我一般这样想：父亲那一辈人最怀念的，也是他们儿时最迷恋的，还是那些走村串巷的盲说书人呢。

我一个八十年代初出生的小表弟，没有经历过饥馑年代，从小就不喜欢一切野生食蔬，尤其像地假皮，又不是肉，又不是青菜，总感觉在吃土。而且，地假皮多生长在阴暗潮湿的角落，那里经常有满身疙瘩的癞蛤蟆出没。据表弟说，只要想到那一块一块的地假皮上头，不知道有多少癞蛤蟆曾经爬过，留下了一条又一条半黄半白的长长涎液，他就会犯恶心，根本吃不下。

表弟说地假皮既不是肉也不是青菜，并没有错。无花、无果、无根、无叶、无茎，这"五无"的另类，是真菌和藻类共组而成的复合有机体，通常是由真菌的菌丝缠绕并包围藻类细胞而形成的。藻类作为植物，通过光合作用，制造有机营养，供给自己及真菌。真菌呢，也并不会白吃，它主要负责吸收水分、无机盐和二氧化磷，满足藻类和自己的需要。实际上，这种共生体，作为一种小小的奇迹，与冬虫夏草本质相同，只是因为地衣低到尘埃里，所以从来未曾得享虫草那样的高级待遇。

美国作家比尔·布莱森在《万物简史》中说，地衣是地球上最坚强的可见生物。即使几个月没有水，它也活着；即使处于冰冻状态，它也活着。在南极摄氏零下一百九十度的严酷环境下，依然有地衣存活。在北极，驯鹿进入无草可吃的季节，就以地衣为主食。

地衣不仅可吃，还可以提取抗生素，或者提取芳香精油。英国作家克里斯·比尔德肖在《100种影响世界的植物》中说，欧洲人不吃地衣，而是用来生产颜料，给布料染色。但地衣色素有明显缺点，就是不容易着色固定，后来不知哪位高人经过反复实验发现，将染好色的布料泡在人尿里有用。于是，苏格兰粗花呢就此诞生。

当马兰头遭遇东北佬

　　转眼已是二十多年前的事了，我随同事张亚民老兄去无锡跑发行。当时，杂志社编辑记者参与发行，还算开风气之先的创举，有无成效不重要，让大家有公费旅行开眼界长见识的机会，也是好的。

　　那会儿民风官风尚有三分淳朴，一般坐落在政府大院角落的团委，门还好进。如果是现在，我们这种准推销人员，肯定是严防对象，会遭遇千般登记万般审问。况且，跑到外省市请团委订阅我们这样一份青年杂志，理由相当不充分，难度相当大，因此，被拒绝是常态，如果能有人耐心听我们介绍一下杂志，我们也就心满意足地表示感谢了。

　　但在无锡，我们遭逢了奇遇。当地一位长相英俊的团委书记，不仅请我们上坐，不仅请我们喝香茶，不仅听我们介绍，不仅表示有订阅的可能，而且还热情洋溢地非留我们吃晚饭不可，而且还不是简单的工作餐，而是大桌的宴会，东北话叫"坐席"。

　　我们不可能知道他这么热情的原因。也许是要升职了，心情大好。也许是家里与东北有渊源，所以对东北人有好感。也许完全是出于好奇，想见识一下活生生的东北人。也许，他就是这样的一个好人。总之，不管怎样，当我们愉快地在一家大馆子的包间里团团坐定时，我心里暗暗发誓：从此，一定要对无锡高看一眼，不管走到哪儿，遇到无锡人，保证要格外善待。

书记好兴致，递菜单请我们点菜，我们坚决推辞。谁埋单谁点菜，这样的规矩我们懂。于是书记愉快地捧起菜单，一道菜一道菜征求我们的意见。这个是江南特产，东北应该没有。这个也是江南特产，东北也应该没有。到第三个，他提到了马兰头，我马上大声说：这个好！

因为我读闲书知道，马兰头是被作家沈从文列入南方野菜前三名的，我还一直没有机会亲见亲尝呢。我试着提了一个问题，说周作人在《故乡的野菜》里写过绍兴童谣，"荠菜马兰头，姊姊嫁在后门头"，这是什么意思呢？书记朗声一笑说：童谣嘛，没什么逻辑的，唱荠菜唱马兰头，不过是一种比兴手法，在说正事之前，先来两句景物描写，就像"孔雀东南飞，五里一徘徊"一样。然后，座中有人补充道，绍兴有新媳妇立春归宁的习惯，就是回娘家串门，而马兰头也在初春发芽。所以，歌谣的中心思想，就是"春天来了"。

有了这样的开头与铺垫，整场酒宴的底色，就显得很有文化气象。我们聊到南方与北方的习俗，苏南与苏北的差异，无锡与有锡的旧典，长春与春天的关系，等等，总之话题很开，能感觉到每个人都很尽兴。

说话间，马兰头上桌了，是与香干一起被剁成颗粒分明的碎末，堆成了一座高高的宝塔。书记上手一筷子，就把宝塔推倒了，然后热情地给我们布菜。他说，马兰头配排骨，最解腻了。我嘴上附和，心里想的却是，无锡排骨精致纤巧，哪里还有什么腻好解呢？但马兰头入口的滋味，还是让我小小意外了一下，不是薄荷，却有丝丝的凉意，随后是一种淡淡的冷香。我当时暗忖，江南头牌野菜，到底要比北方的婆婆丁来得雅致一些。说起来，油菜花，我已在蚌埠看过了；马兰头，又在无锡吃到了。至此，两大江南愿景，全部得以满足。

结果，那天的酒我就喝大了，后半程已记不太清楚。据亚民兄跟我讲，临散席前，聊起东北人的话题，书记和他的部下纷纷表示，他们有可能不敢去东北，怕到了那里，因为看人的眼神不对劲，就要挨一顿暴打。按亚民兄的描述，我当时虎眼一瞪，大吼道："谁敢？我整死他！"此言一出，满座皆静，随后，响起了热烈的掌声。

认识我的朋友都知道，我并不是那么粗鲁的人，而东北，也并不像他们传说的那般凶险。因此，那一天，我之所以狠狠冒出了"整死他"这种话，一定是酒后兴奋，忍不住想按他们对东北人的想象，来表现出一个东北人的样子来。如果往深了说，这应该是我对他们热情招待的一种无意识回报吧。

对于这一段经历，亚民兄一直记得很清楚，也说，完全没有想到我还有那样的一面，因此在内心深处，对我的亲近感又增加了一层。只是二十多年过去了，不知那个一筷子推倒马兰头宝塔的英俊书记，而今发展得如何。

杜甫为何对特供不满

把马齿苋归入南方野菜队列，是因为北方人很少成规模吃它。在我老家，长白山西缘丘陵地带的黑土地上，马齿苋贴地生长，横生连片，只有小孩子偶尔会从牛嘴下抢几片尝新鲜，一般也不大喜欢，因为它的酸味很不地道，有一股贼兮兮的气息。

因此，我们很容易同意台北作家方梓所说的，野菜之所以在野，总有其不足之处，或酸或苦或涩，或口感不佳，与性味甘平的大白菜、大萝卜相比，弱势立现。不过，著名的隐居家梭罗在瓦尔登湖边生活时，也曾吃过马齿苋，他评价说："滋味不错。"作家汪曾祺先生则在《人间至味》中说，江南有马齿苋包子，味道略酸，不难吃，也不好吃。他观察发现，北京人很少吃马齿苋，倒是有养鸟人会到郊外成棵拔来喂画眉。

北方人包括北京人料理野菜，生吃从来都是首选，因此，马齿苋不招人待见，最大的一种可能是，它与任何一种酱都不配，尤其是东北人自家酿造的大酱，除了苦咸，没有第二种滋味，即使是加工成鸡蛋酱或肉酱，也嫌口味太重。当年客居首尔时，因为韩国人的日常菜品比较单调，我尝试过月瓶装沙拉酱拌马齿苋，感觉一下子就对了。只是沙拉酱出现已晚，马齿苋生不逢时，真是受委屈了。

不过，中国人吃马齿苋的历史，还是比较久远的，证据之一，是唐代诗人杜甫有诗《园官送菜》："苦苣刺如针，马齿叶亦繁。青青嘉蔬色，埋没在中园。"这首诗的背景是，作为大唐帝国的中级官员，杜甫也有资格享受政府的送菜福利，就是说，迹近腐败的食品特供，至少从唐代开始就已经有了。但是呢，主管分发菜品的园官送给杜甫的，只有苦苣和马齿苋两种，都属于贱野菜，这一点令杜老师大为不满。

不知唐朝人怎么吃马齿苋，有南方朋友告诉我说，熟吃马齿苋，比如清炒或煮汤，还是很不错的，其最大的秘诀，在于使用动物油，才能把酸味镇住。又或者，可以把马齿苋过水之后晒干，酸味也会大为减弱。

马齿苋又名五行菜，因为它花黄、叶青、根白、梗红、籽黑，与金、木、水、火、土的颜色相应，正好代表五行。五行是一种宇宙观，代表了古代先民试图用分类的方式探究世界本原的朴素理想。又传说，后羿射日，最后一个幸存的太阳，就是躲在马齿苋后头逃过劫难的。后为表示感谢，太阳格外赋予马齿苋晒不死的资格。这个传说，应该真实度很高，因为我从小就注意过，操场上，马路边，不管多旱，不管太阳多毒，都不见马齿苋打蔫。

仔细观察，马齿苋肉质的叶片，果然长得很像马牙。因此一直不明白，我们老家为什么叫它"马蛇菜"。有人说，那是因为它可以治蛇毒。对此，我很怀疑。蛇毒相当霸道，一中即发，间不容情。年幼时，小伙伴之间就经常互相叮嘱，万一被那种七步蛇咬到了，跑到第六步，一定要停止不动。而马齿苋这种温和的野菜，和另一种爬藤类植物扛板归，恐怕都难以完成传说中蛇口抢险的重任。

我的朋友许石林热爱京剧《红鬃烈马》，其中的女苦主王宝钏，为了等待西征迟迟不归的丈夫薛平贵，苦守寒窑长达十八年。其间生活无以为计，曾经大吃特吃马齿苋。据说，西安大雁塔东南的五典坡，就有王宝钏当年住过的寒窑，其方圆数公里之内，至今不长一根野菜，就因为被王宝钏女士给吃绝根了。

想看竹笋从大地上冒尖

说起来已是二十世纪八十年代初，南方人趁政策之变，领风气之先，开始把生意做向全国，就连我家所在的小乡镇，也不断有江浙人出没。他们操着软软的普通话，或收山货，或卖农机，不管生意成不成，总是一样的态度温和，礼数周全。记得有一对推销挖沟机的温州夫妇，因为与父亲结只投缘，还曾在我家免费吃住了几天。临走时，为表示感谢，他们强行留下了一个礼物，是一大坨浅黄淡白的干笋。

这当然是我生平第一次见到竹笋。我曾不上一次央求母亲，把它加工成菜，可母亲遍问四邻八舍，终不得炮制之法。拖宕日久，最后，它变成了我的一个玩物，或者，有时有客人来，会应要求，由我捧出来，供大家瞧新鲜。至今记得，干笋一头是尖尖的，另一头有刀砍斧削的痕迹，中间连片的透明花纹，应该是竹叶的隐约胎印，看起来很像大号的蜻蜓翅膀。我也曾暗暗上嘴，顺着啃下来几条笋丝，使劲嚼了半天，却完全体会不到任何滋味。因此每次盯着干笋，我心中的迷惑都不可自解：这种像木头一样硬的东西，真的能吃吗？

第一次真正吃笋，是什么时候或者在哪里，已经不记得了。印象最深的一次吃笋，则是在北京国子监斜对面的一家素食馆，大半桌子的素红烧肉、素红烧鱼、素红烧鸡，让我心犯踌躇，难以下箸，只有一盘面目清晰的笋片烧冬菇，才最后救了我。笋的清甜生脆，由此得到我的认证。只是，于我而言，吃笋，永远都有一种把竹子咽下肚的奇异联想，对此，当年被我把玩过的那坨干笋，应该负主要责任。

作家巴陵在《一箪食，一瓢饮，四方味好》中炫耀说，在竹笋产地的人看来，春天里，笋一钻出地面，就已经老了。只有当笋刚刚成形还躲在暗黑地下时，抄家上门，才能得上上之品，是为冬笋。因此，湖南新化民间传统之一，是大年三十上山挖冬笋。而大年三十，在我们东北，正是大雪封山的酷寒时节，湖南的男人们却可以结伙在青翠竹林间挥锹掘笋。地域差异，民俗各殊，难怪有韩国朋友乘京广线行至半途，常常要为中国的广大辽阔而目瞪口呆。

据说，挖冬笋，有秘诀。要冲着竹梢上最绿的竹叶所指的方向挖下去，才可能发现横生的竹根，俗称马鞭，而成窝的冬笋，就生在马鞭上。我的爱人曾经误把笋尖当藕尖大吃特吃，实际上这种笋尖，也不是字面理解的笋梢，而正是冬笋。

食笋有历史，唐代曾设官员专门负责管理植竹。《唐书·百官志》称："司竹监掌植竹苇，岁以笋供尚食。"司竹，官名，类似的还有司马，即国防部长。唐代书法大家怀素有传世作品《苦笋帖》，共两行十四字："苦笋及茗异常佳，乃可迳来。怀素上。"不知他写给什么人的，反正就是直接跟人要笋要茶，语气很霸道，隐约有狂草态。

宋代诗人苏东坡写过一首打油诗，几乎老少皆知："无竹令人俗，无肉使人瘦。若要不俗也不瘦，餐餐笋煮肉。"原来一直以为，"无竹令人俗"指的是住室周围必须有翠竹环绕呢，结果，他说的居然还是吃！作为超级吃货代表，苏先生的意志品质堪称一流，后来即使被贬黄州，也丝毫不影响写诗的心情：长江绕郭知鱼美，好竹连山觉笋香。

清代美食家袁枚在《随园食单》中说，用硬木板压鲜笋，榨出汁水后，加盐，上锅熬煮，即成为笋油。这就是古法的味精。清代戏剧家李渔认为，"笋能居肉食之上"，其至美之处即在于鲜。而鲜，又不是一种实体的味道，它和甜相配变鲜甜，和香相配变鲜香，有一种大公无私的天然禀赋。因此梁实秋先生在《雅舍谈吃》中高度赞扬说，"笋不夺味"，和谁配都好吃。

温州夫妇当年送给我家的那坨干笋，最后的结局是不知所踪。从那个时候起，我就一直存有一个愿望，想亲眼看看竹笋从大地上突然冒尖，到底是什么样子。春风掠过山岗，我在南方挖笋，这个小小的梦想，什么时候才能实现呢？

把枸杞吃成野菜

　　来深圳不久就发现，大小超市里，常有成捆的小树枝摆台售卖。终于有一次，我忍不住问店员："这是做什么用的？"店员微微一笑："这是枸杞头，煮汤用的。"

　　一点不夸张地说，我当时的感觉是震惊的，并再一次为祖国饮食文化的博大精深而喟叹不已。红色的枸杞子是上佳补品，这个人人都知道，可绿色的枸杞叶也能吃？对此我真是应该被打脸的孤陋寡闻了。我的朋友作家唐兴林作为大西北宁夏人，一向为家乡的枸杞自豪，而在南方，枸杞是菜，不等秋后结果就被下了油锅，这件事他知道吗？

　　后来，终于下定了决心要买一次枸杞头尝尝的时候，我向超市里一位面容清秀的大嫂请教了半晌。她毫不犹豫地给我推荐了枸杞鸡蛋汤，说很简单，先把鸡蛋打好，然后把水烧开，放枸杞叶，再放鸡蛋，就成了。凭我的经验一望可知，枸杞头一定缩水严重，一大把叶子投进汤锅，转眼就会变成一小撮。而鸡蛋入沸水成蛋花，也是很虚飘的东西。这样听起来，这道汤的内容应该比较空洞，我不太喜欢。客气地谢过热心大嫂之后，我在超市里转了一大圈，最后打定主意，干脆丗肥瘦相间的内蒙古羊肉片与枸杞叶同煮。砂锅枸杞羊肉汤，听起来不是挺不错吗？

可回到家，这个充满创新精神的动议却遭到爱人的强烈反对，因为她尝了两片生枸杞叶后说太苦，会糟蹋羊肉。我苦着脸，想不通她什么时候开始对羊肉有如此深厚的同情心了，但没办法，手拎枸杞头，还必须给它们找到一条出路。这时，灶上煮的红薯和芋头熟了，我灵机一动：就着热锅，买一个清蒸枸杞叶好了。

为保险起见，蒸锅刚刚喷出热气，枸杞叶断丷，我就拣出了其中的一半；另一半，则一直蒸到了烂熟的程度。结果，五分熟和十分熟的两种，爱人都吃得很欢。问她口感，她说很细腻。问她味道，她说涩涩的，苦苦的。我马上又问是不是真涩，她改口说，并不算涩，而是一种不那么滑腻的感觉。

我之所以这么一步步追问，是因为在我听来，她起初的表述有矛盾。既然说了细腻，就不应该再说人家涩。至于苦，我承认是有一点点的，但很轻逸，好像枸杞叶自带一层透明的胶质，先薄薄地把舌头护住了，然后再释放苦味。结果，你明明知道苦味是有的，却不会为苦所伤。

苏轼在《小圃五咏·枸杞》一诗中说："根茎与花实，收拾无弃物。"想来，西北人对此，是不能同意的。因为吃果与吃叶的枸杞，分属不同的品种，前者叫宁夏枸杞，后者叫中华枸杞。前者叶片是披针形，果实甜而微苦；后者叶片则是椭圆形，果实走一味甜腻的路线。而在植物学史上，中华枸杞最早被发现的地方，就是台湾。

　　因此，枸杞在台湾，被开发得相当彻底。作家方梓在《野有蔓草》中称：野生枸杞在宜兰一带分布广泛，被称为活力菜。李时珍说过，春采叶，名天精草；夏采花，名长生草；秋采籽，名枸杞子；冬采根，名地骨皮。这几项，都在民俗层面得到了认真的贯彻执行。可以说，台湾人对枸杞的利用，已经达到了敲骨吸髓的地步。

假如一块肉入口清凉

在很多老外看来，中国人的饮食口味实在复杂暴烈，吃辣、吃麻、吃酸不算，还吃苦、吃腥、吃臭，一张嘴好似无底洞，兼容并蓄，无所不包。但是有一点，他们可能不容易注意到：中华饮食，不吃清凉。因此，即使薄荷顶着"世界三大香料之一"的名头，在我们这里也难以得享入菜的资格。

就比如说一块肉，经过薄荷整治之后入口清凉，会有人乐意接受吗？我们对肉的期待，当然是要重口味，主下沉，所谓肉味浓郁，所谓肉香醇厚，都需要味道本身有一定的分量。而薄荷给人的感觉，却是轻逸的，会带着味觉向上飘升，其功效，不是让你迷醉，而是让你清醒。往极端了说 如果遇到过于敏感的人，薄荷的清凉气味，都有可能会催醒你吃肉的罪感。因此，对于薄荷味，不仅人难以接受，就连虫子也不喜欢，有一个植物学常识是，在花地或菜地四围栽种一圈薄荷，有非常良好的防虫效果。

薄荷气味独特，古希腊神话对此给出了有趣的解释。说有一个地位不高的女神名叫曼茜，美丽温柔，浪漫多情，她千般好万般好，却不该爱上有妇之夫冥王哈迪斯。古希腊的冥王，取英俊雄伟的造型，并不像我们的阎王那么面目狰狞。而冥王妻子为了斩断他们两个人的情丝，动用法力，把曼茜生生变成了薄荷。冥王深深怀念曼茜的爱意，于是赐予薄荷一种难以抵挡的味道，即所谓的地狱香气。回想一下，薄荷的香，的确是有那么一股子邪气，对吧？美国作家汤姆·斯坦迪奇在《舌尖上的历史》中也说："人们认为薄荷是落入凡间的天堂碎片。"

因此，薄荷最广泛的用途，是制造糖果、饮料、牙膏和香烟。日本著名动画人物蜡笔小新喜欢偷吃牙膏，草莓口味排第一，香蕉口味排第二，薄荷口味排第三。而薄荷香烟，多为女士专享，近年来常见韩国的爱昔，最为知名的则是美国的摩尔，细长，咖啡色，有一种即视的堕落感。堕落感的意思是，无论是在影视剧中，还是在现实生活中，看到那些用苍白双指夹着薄荷烟的女性，男人往往会误以为，与她们发生各种肉体及精神纠缠的可能性比较高。

汪曾祺先生在《人间至味》中说，他第一次吃石斑鱼是一九四七年，在越南。和鱼一起上桌的，还有一盘子薄荷鲜叶。当地人教他，吃一口鱼之后，嚼一片薄荷叶，可以把口中的鱼味去掉，然后再吃下一口时，就能保持鱼味常鲜。汪先生没有说清楚，当时是生吃还是熟吃。如果是熟吃，用薄荷完全没有必要。如果是生吃，那就和韩国吃生鱼片的习惯很相似了，不过韩国人用的不是薄荷，而是苏子叶。

薄荷有三种有意思的别名。第一种，见肿消，讲的是药用疗效。第二种，鱼香草，有一种与鱼腥草别苗头的意思。第三种，仁丹草，不知道这个名字与日本人当年倾销的"仁丹"谁先谁后。至于薄荷入口为什么会感觉清凉，一种物理解释是，薄荷内含油脂，极易挥发，在挥发过程中吸收热量，舌头与口腔就会有凉爽感。还有一种生理化学解释，说这种油脂当中含有一种特殊物质，会刺激大脑专门掌管冷感的部位，从而产生神经意义上的清凉。

　　植物学家说，薄荷有两百多个品种，且极易杂交，所以又有诸多变种。如除蚤薄荷，叶片有胡椒气味，可以驱除各类毒虫。如姜薄荷，叶面光滑，散发姜味，可去除鱼腥。比如皱叶薄荷，叶片深绿，有皱缩，边缘卷曲，有如毛边生菜。爱猫的人会知道，专有一种猫薄荷，有的猫吃了，会产生致幻效果，打滚，或团团转，或拼命追逐并不存在的老鼠。但过不了太长时间，猫会突然清醒，四下张望之间，好像很为自己刚才的失态而困窘，然后就装成若无其事的样子走开了。

五葵

　　带有"葵"字的陆生植物，我至少知道五种，山葵、龙葵、秋葵、冬葵和向日葵。山葵是日本辛辣调味料"瓦萨比"的正主，龙葵是在野外寂寞经营黑色小果实的天天儿，向日葵属油料作物，即"吃瓜子吃出个臭虫"里的瓜子。所以，作为菜，五葵之中值得说一说的，只有秋葵与冬葵。

　　第一次吃秋葵，是来深圳之后，一个应酬的场合，二十人大桌面，一个彩釉大盘缓缓转到我面前，厚厚一层碎冰之上，躺有十来条绿色的果荚。初看像辣椒，却浑身长满绒毛，而且还有一道一道的竖棱。我环顾左右请教：这是什么？半桌人异口同声回答：秋葵。我知道，这种晶莹冰盘，一般是三文鱼才能享受的高级别待遇，因此事主一定是需要格外重视的。抱着这种心理，我伸出去的筷子，都显得格外稳定而郑重。秋葵就这样，高调地与我发生了首次关系。

　　事实上，进嘴五秒钟以后，我就被秋葵打动了。一种全然陌生的味道，让我急切地想和旁边人交流，可嘴张一半却欲言又止。秋葵的味道，已经让我失语。很多朋友说，秋葵没有味道。对此，我不能同意。秋葵有味道，只是现有的形容词不够用了，比如酸甜苦辣，或咸涩腥臭，都已没办法提供准确的描述。比椰肉的甜淡一点，比莴苣的苦轻一点，比赖柿的涩浅一点，比石花的腥薄一点，这样说，会不会反而更模糊了？实际上，我们不会用"酸"来替代"柠檬味"，也不会用"甜"来替代"巧克力味"，那么，如果实在找不到一个味觉新词的话，我们可不可以大大方方地用"秋葵味"来单独命名？

当然，秋葵让我着迷的，还有它那种独特的口感。咬破脆韧的外皮，在满满一包滑润的果冻状流体当中，藏有大量的小球，舌尖穿越稠密的黏汁，把它们一颗一颗逮住，再一颗一颗咬碎，那种持续不断的轻微爆裂感，仿佛口腔里发生了一场微小规模的战争。

秋葵别名"洋辣椒"，英文名的意思是"淑女的手指"，原产非洲埃塞俄比亚，因而并不为我们所熟悉。生活中，有人把公园里的曼陀罗果实当成秋葵，采回家去吃，结果不幸中毒。这一点，需要格外小心。

相比秋葵，我们本该更为熟悉的，是另一种葵。比如《诗经》里记载："七月烹葵及菽。"汉乐府中也有这样的诗句："青青园中葵，朝露待日晞。阳春布德泽，万物生光辉。百川东到海，何时复西归。少壮不努力，老大徒伤悲。"北魏农学家贾思勰的《齐民要术》则以《种葵》为第一篇，称"一升葵还得一升米"，看起来很昂贵的样子。

所有这些传统诗文中的葵，所指的都是冬葵，又名冬苋菜，湖南称冬寒菜，江西称蕲菜。作为一种叶子菜，冬葵的长相朴实平凡，完全没有秋葵那种勾人的本钱。可是问过一些湖南朋友，多数人并没有吃过冬寒菜。零星有吃过的，评价也不过是"清香鲜美"一类的应景之语。看来再有机会去长沙，即使翻遍角角落落，也一定要找冬葵品尝一下。

清代植物大师吴其濬著有《植物名实图考》一书，收全国各地植物一千七百余种。他对冬葵的评价相当高，说它曾是百菜之主。经披阅典籍，吴其濬发现，唐代以后，各类书中就很少提及冬葵了，这说明，其种植量在逐渐减少。到明代，已经基本上没有人种植，少数逸出的品种，在山野间悄悄扎根，成为野冬葵。所以，李时珍在《本草纲目》中把冬葵放到了"草"部。对此，吴其濬深感不安与不忿，在他自己的书中，又果断把冬葵还给了"菜"部。

据吴其濬分析，冬葵的没落，可能是因为大白菜从北方逐渐普及到了南方。白菜产量高，口感好，贮存易，有这三条优势，冬葵被全面取代势不可免。植物之间的战争看似不动声色，却也同样严酷惨烈，一个搞不好，谁都有可能面临绝根绝种的危险。

款冬侦查记

　　日本电影《植物图鉴》的男主人公是一位小帅哥，一度无家可归，他给好心收留他的女主人公料理过五道野菜，其中的款冬味噌酱与焦糖蜂斗菜，引起了我的疑惑：款冬和蜂斗菜，难道不是同一种植物吗？因为我明明记得，很多植物书上都说，款冬，又名冬花，或蜂斗菜。

　　看起来，并不是我一个遇到了这个难题，在闯览查证的过程中，我发现居然还有专业的论文，主题就是研究款冬花与蜂斗菜的鉴别。其中，辽宁铁岭第一医院的王秀杰称，款冬与蜂斗菜同归菊科，但一个是款冬属，另一个是蜂斗菜属，因此从中药的角度讲，性理完全不同。经王秀杰考证，自唐宋以来，在陕西、甘肃等地，习惯用蜂斗菜花蕾冒充款冬花入药，正是这种造假的坏传统，使款冬与蜂斗菜陷入了混淆不清的乱局已长达一千多年。

　　为此，我特意搜寻图片，发现款冬是单株一朵黄花，很像蒲公英。而蜂斗菜花则是淡紫色的，单株多朵簇生。这样一来，又有一个新的疑惑产生了：从花的形态来看，款冬与蜂斗菜是很容易区分的，那么千百年来的冒充何以没有被人揭穿呢？

款冬味噌酱可能是日本人的传统吃法吧，后来看另一部有关饮食的日本电影《小森林》，主人公市子的妈妈在离家出走前，也曾采摘雪下的款冬花煮酱。不过，那个款冬，有宽大的叶片，头顶一朵大花团，于是第三个疑惑又来了：它和开黄花的款冬，是同一种植物吗？

而且，《小森林》里的款冬，分明是紧贴地面生长的，整体姿态接近卷心菜。可是，看新华社报道说，日本北海道足寄町螺湾川的款冬，高达三米，孩子们可以在款冬田里嬉戏，农人甚至可以打马从菜叶下经过。这样，第四个疑惑又来了：贴地生长的款冬与三米高的款冬，是分属于不同的品种吗？

侦查一大圈，发现自己并没有完全清楚，反而疑问越来越多。这时我才惊觉，这种混乱，很可能是由于翻译不当造成的。就是说，对于款冬与蜂斗菜的迷局，我们可以分成两块来理解，一块是早年有人故意做假，造成了初步的混乱。另一块是这种混乱，给翻译工作带来了巨大的困难，在缺乏专业支持的情况下，不负责任的翻译传播，又更进一步地制造了乱中之乱。

关于蜂斗菜，也面临同样的问题。比如英国作家克里斯·比尔德肖在《100种影响世界的植物》中说，蜂斗菜原产北欧，叶子大如餐盘，肉质，但北欧人并不吃它，而主要用来包肉，放于溪流中，起保鲜作用。在古希腊，医师会把蜂斗菜的叶子切碎，用于治疗皮肤发炎及烧伤、烫伤。

同样是英国作家，理查德·梅比在《杂草的故事》中却说，蜂斗菜直到十八世纪才为人所知，被发现的地点，是法国中央高原皮拉特山脚下。它冬天开花，花序淡紫色，簇拥在马蹄形叶片上的花穗，有杏仁糖和香草的气味，因此又有一个别名：樱桃派。

　　比尔德肖和梅比说的，是一种东西吗？蜂斗菜的原产地，到底是北欧还是法国？如果叶子果然大如餐盘的话，听起来是不是又与日本北海道的款冬相似了？疑问不断，越看越乱。因此，这种纸上侦查，好像很难取得实证成果了。不管读什么文章，尤其是翻译作品，涉及款冬与蜂斗菜时，都需要小心辨别，以防误导或误解，这可能就是我们唯一能做的了。

第四辑

北地识香

大斋堂的素菜真咸

朋友静茹一度守素食，但她也承认，素食算不上什么新时尚，比如人家佛僧与道士，早坚持了百千年。只是，日日在尘俗地面行走，我们接触纯正素食斋饭的机会，毕竟不多，而我平生第一遭，是在北京西山戒台寺。

据介绍，戒台寺在佛教界，地位相当于纪检委，难怪院中僧人的表情，个个温和中透出严肃。但是，火工僧人在大斋堂门口还是费尽九牛二虎之力，才终于把我们这一群散漫的家伙分成了男女两队，然后细密叮嘱，进堂后，不可以打手机，不可以拍照，不可以说话。有同行的年轻人调皮，问："可不可以看微信？"僧人微微笑，不搭腔。

但进得斋堂，我们一行人立时肃穆了。朦胧的光线，古旧斑斓的吊顶，横平竖直的粗木桌凳，自有一股慑人的气场。南男北女，分列坐定，墙角扬声器先播放一段低回的佛乐，然后再次提醒噤声，并称，要捧碗进食，食毕，把碗摞在一起，即表示不再需要了。添饭，不允许自己动手，可将空碗推至饭桌外缘。若僧人看不到，请打手势示意。

火工僧人再次列队出现，左手拎白铁圆桶，右手持长柄大勺，在座间缓步巡回。但见他们把大勺伸进桶内，结结实实舀一下，淋淋漓漓掏出来，啪，一下子掼进我们面前的海碗。有懂行者，此时双手合十。我依样学样，顺带把手脸都紧了一紧。

饭菜分两碗，一碗是凉拌山野菜，配玉米面发羔一块。另一碗是炖菜，内中有豆腐、白菜、茼蒿、土豆，然后上盖一铲白米饭。分发完毕，扬声器发出指令：进斋饭。

玉米面发糕咬头不错，山野菜入口，我仔细品尝了一下，应该是艾叶和四叶菜。可是那道炖菜，入口怎么那么咸？我偷眼四下打量，不少人像我一样，都皱起了眉头。或许，因为盐是素食唯一的滋味来源，所以不得不重口味一些？

吃完山野菜与发糕，我小心把空碗护在眼皮底下，生怕被僧人误会，再给我增添。但还真有人吃不够，大喇喇将碗推到桌边，示意加饭加菜。僧人走过去，把大勺伸进桶内，又结结实实舀了一下，淋淋漓漓间，啪，一下子掼到他的碗里。

进餐结束，我们三三两两退堂，调皮年轻人拉住我，模仿僧人的打饭动作，嘀咕道："不觉得有点像吃牢饭么？"随后，他吐吐舌头自掴面颊："罪过，罪过！"

小静以前就教训过我，关于素食，可以问为什么，不可以问有什么好处。荤与素，向来各有利弊。理论上，所有食物，多多少少都带毒性，小娃娃不爱吃某些青枝绿叶的蔬菜，很可能是本能在自动保护他们。而素食对某些人来说，则是需要，基于生命对生命的大悲悯，几乎近于信仰了。

相信你也有过体会，逛菜市场，看到红鲜鲜的生肉，不由会想：它们也曾经是生命啊！于是一个念头一闪而过：我也吃素？可一旦坐到饭桌前，面对香气四溢的肉条肉块肉丝，就什么都忘了。

　　但我总忘不掉在北京国子监街一间素食馆吃过的一餐饭，他们拿豆类脂肪做鱼做肉，样子惟妙惟肖，味道也非常逼真，甚至都能吃出红烧肉肥瘦相间的细腻口感来。请客的朋友一再询问："怎么样，怎么样，这儿的素食好吧？"我嘴上诺诺，心里念叨的却是：一边想素食，一边又放不下鸡鸭鱼羊，倒也可以理解。只是，那些假鱼的鱼味，假肉的肉味，应该全是由各种调料强力制造而成的吧，不会像"苏丹红"或"瘦肉精"一样有害吗？

　　因此我就知道了，我一直以来对于素食的向往，才是正确的：明油绿菜，根须分明，自然清新，咬咬嚼嚼间，满口植物朴素的香气，既不要素食馆里的肉味，也不要大斋堂里的苦咸。

香椿有灵且美

只要一提到香椿，我马上会想到作家林海音的《城南旧事》。长亭外，古道边，芳草碧连天，是一种纯净的忧伤，恬淡且辽远。不记得小说里写到了香椿没有，但我就是隐隐觉得，香椿这种东西，与老北平那种胡同幽深的气质最为相合。

我的经验是，一定要在少年时读《城南旧事》，长大了再读，那种会心感将大打折扣。香椿也一样，年幼时没吃过，长大了才遇见，总缺少一种贴心连肺的真情实感。在深圳，我最近一次料理香椿，就犯下了极端低级的错误，忘了先用水焯，而是冲洗一番后直接就上了蒸锅，结果一尝之下，涩麻满口。这时猛然想起，三年前，在北京朝阳区定福庄租住的那间小屋里，我就已经犯过一次完全相同的错误了。一个人，在同一件事上，居然可以连续失败两次，想一想，也实在该对香椿说声抱歉。

不过，新鲜的香椿，闻起来可真香，我甚至都想说，那是一种肉味。在我们一般的期待中，植物的香，最应该是淡雅的。比如面对一位令你心仪的女性，刚刚走近时，往往会有一股香气袭来，令人心神愉悦，但如果你去刻意地深呼吸，却可能又闻不到了。这个，就叫淡雅。淡雅的妙处是，越闻不到，越不甘心，你会产生强烈的好奇，总想再去闻。这也就是魅力之源。可香椿呢，还没等你把鼻子凑近，已经一吸一股浓香，一吸又一股浓香，简直比腌肉还要张扬。

我决定了，下次再去北京，一定要选在香椿季，找我的山东籍朋友李辉和董长江，记得他们说起过，料理香椿的最高手段，是把香椿洗净控干，撒少许盐，用手使劲揉搓，直到让它们出汤为止，这时候香椿的清香，才会大大地绽放。山东才是香椿的主产区，看来是真的，因此他们的料理手法，会代代相传，源远流长。另有年轻朋友的吃法是，将香椿放入豆浆机打得粉碎，然后滴入芝麻油，据说又香又鲜，可以用来拌食热腾腾的米饭。不过，最标准的吃法，还是香椿炒鸡蛋，属于万用食单。

作家巴陵说香椿，"叶厚芽嫩，绿叶红边，犹如玛瑙"。这不是夸张，是真爱。梁实秋先生谈香椿，则相对平实一些："春发嫩芽，绿中微带红色。"梁先生喜欢的吃法，也相对平实，是香椿拌豆腐。据说，在全世界范围内，只有中国人吃香椿，这一点，我相信。不过，庄子在《逍遥游》中说，"上古有大椿者，以八千岁为春，以八千岁为秋"，这里的大椿，是不是指香椿呢？如果是，我们就可顺便记住"椿萱并茂"这个不太常用的成语了，指的是父母长寿，双双健在。

武宝生老师是《天津日报》知名记者，不仅工作勤奋认真，且有宽厚长者之风。当年参加《北京青年报》特约记者笔会活动，我曾有幸与武老师一同攀爬司马台野长城。在中间休息时，我们坐在千百年前的旧砖石上，听他讲过一个有关香椿的真实故事，至今记忆犹新。

话说武老师隔壁邻居家的小院里，长有一棵高大的香椿树，每到春季，味美香浓，令武老师羡慕不已。邻居明了武老师的心意，曾经热心地帮忙移栽过两次，可惜都没能成活。邻居灵机一动，决定动用非常手段，他用上好的五香麻酱和水，从香椿树根开始浇起，一路浇进了武家的小院。神奇的是，香椿的根系果然跟踪而至，不长时间，活泼泼的树芽就在武老师家前院角落里破土而出了。

香椿有灵至此，看来与竹相似。民国时期大作家张恨水先生在《莳花浅识》中写过："竹喜狗粪，邻家有竹，埋狗粪于墙下，竹自来找我家也。"用狗粪偷竹，与用麻酱水引香椿，活活解释了什么叫作异曲同工之妙。

沙葱是不是葱

说起来不好意思，作为东北人，我第一次吃来自内蒙古大草原的沙葱，已经很晚近了，是在深圳梅林堂附近的一家羊腿烧烤店。

当时的一条羊腿已经啃到了骨头，不经意间翻开菜单，一眼发现有凉拌沙葱，于是好奇心大起，果断点了一盘。但不巧的是，吃下沙葱第一口，肚子突然不舒服起来。我很清楚地知道，这和沙葱没有关系。如果一定要怪食物不洁，那么羊腿的嫌疑也要大得多，况且，更不可忽视的是，上一顿饭，我是在大鹏西涌海边吃了自助烤生蚝。

不过，我与沙葱的缘分有些浅，从这起偶然的肚子疼事件中，也能得到证明。

沙葱的口感是这样的，你不咬它，它在舌面上还有几分挺立的样子；你一旦开咬，它们就像接力传染一样，迅速地全面蔫缩。而且，因为是葱，所以下意识里会对辣有准备，可沙葱居然一点辣味都没有，于是又会隐隐有一种期待落空的失望感。就此，我与老板有过交流，老板非常自信地告诉我：沙葱不是葱。

　　但后来发现，老板错了，沙葱归百合科，葱属，所以还是葱，只不过辛辣味不明显而已。

　　有一次与作家陈彻聊沙葱，她话里话外自称东北人，旁边就有人抗议了："你一个内蒙古人，怎么会是东北人呢？"这就是南方人对北方有隔膜了。东北不只是一个地理概念，更是一个文化概念，因此不仅包括了黑龙江、吉林和辽宁三省，而且还包括内蒙古东部与河北北部。比如我的同事孙立立，老家河北青龙，无论是日常的饮食还是习俗，全与东北人一般无二，因此，她也一向自称东北人。东北人没吃过沙葱会感觉不好意思，原因即在于此。

　　沙葱主产内蒙古和新疆，在甘肃与宁夏也有分布。想想这几个地区，你就可以知道了，干旱半干旱地区　就是沙葱的家。由此，你以为它会很干瘪吗？那就错了，才不会呢。沙葱的叶子是圆形的，这一点像大葱；可它却是实心的，这一点又像韭菜。你随便折断一根沙葱的叶子，断口处马上会沁出鲜汁来，这就可以证明，它的水分比大葱和韭菜丰富多了。那么，沙葱的水分是怎么来的呢？你要知道，沙葱的叶子，长不过二十厘米，可它的根，却是叶子长度的五倍。正是它们，深深扎入地下，收集每一滴水，甚至不放过任何一丝水气。

　　沙葱又名蒙古韭菜，因为水分大，所以不易保存。在《蒙古秘史》中，元朝皇帝忽必烈对于沙葱酱的生产与配备有专门指示，内容非常详细，态度非常重视。把沙葱切碎，加大粒海盐捣成泥，这就是沙葱酱。想一想北京人须臾离不得的韭菜花酱，二者的制造原理几乎相同。沙葱经过这样加工以后，可以保存很长时间。这样，蒙古骑兵在长途行军中进餐时，只要挖出一坨沙葱酱，抹到羊肉上，就把食盐与维生素的供应问题全解决了。因此，沙葱酱一直都是蒙古骑兵重要的军粮品种之一。

身边很多人对草原有梦想，渴望一睹那种令人神迷的"天苍苍，野茫茫"。可是，有些人去过一趟内蒙古回来之后，往往就不再说什么了。我知道，他们已经明白，如果没有机会像探险一样往荒无人烟的大漠深处走，我们已经很难见到"风吹草低见牛羊"的真草原了。

沙葱在被人类大规模食用之前，是一等牧草。可以想象，质地柔软的沙葱，被牛舌或羊舌大把大把卷进嘴，吞进胃，然后再由胃回到嘴，进行反刍，这该是多么顺畅的一个过程。而草原退化的表征之一，就是野外已经不容易见到沙葱。无奈之下，人工种植大行其道。草原上的牛只和羊只们，看太阳东升西落，看星辰明明灭灭，一定会对一个重大问题迷惑不解：杀我们的肉吃不算，连我们的草也要抢吃，人类这个物种，到底还能贪心到什么地步呢？

在北京发现地环

移居北京不到一个礼拜，我就在著名的朝阳区定福庄农贸市场门口酱菜摊上发现了地环。当时给我高兴坏了，心里头忍不住用半吊子京腔念白：我的娘亲！北京空气这么差，交通这么堵，幸亏有你地环儿，不然我就要调屁股开溜了。想让我一待四年？姥姥！

这么说当然有夸张的成分，但你知道，即使这么说，也不足以表达我偶遇地环的惊喜。二十余年没见、没想、没吃，我居然还能一眼认出它，而且马上，绵绵不绝的童年记忆就被唤醒了。真猜不透人类大脑的功能到底有多强大，到底能在冰山水面之下贮藏多少明明暗暗的信息。

在我老家，地环是野物，多长在菜园子的角落。它的椭圆形叶片，和另一种被我们称为"气包"的植物很像。气包是很招人烦的，差不多算毒草，它们攀爬在篱笆上，几天工夫就蔓延成一大片，遮挡阳光不说，有时都能把篱笆压倒。所以，家长在菜地里除草时，往往支使我们小孩去消灭气包。但我们一般都很小心，要等到气包开始爬藤了才动手，以防误伤了地环。

关于地环的样子，最方便的说法是像田螺。其实它们只有部分相像，就是周身都有一圈一圈的螺纹。但田螺一头大一头尖，而地环则是粗细均匀的。小时候，最爱吃腌在酱缸里的地环。入缸第一天，地环表面的颜色会变成浅黄，咬开尝一尝，咸味已经浅浅地浸进了一薄层。第二天，很明显的，咸味与颜色又会深入一层。最后，即使全部腌透了，地环也还是那么生脆。其实，母亲一直都不太乐意在酱缸里直接腌东西，因为这样容易生蛆。可是，因为我爱吃，她也就只好冒险了。我呢，有时候也会假装懂事，在天气最好的时候，帮忙打酱，就是用一根木棍前头安一块小横板的酱扒子，不断把缸里底层的酱翻上来晒太阳，据说，这样就可以防蛆。

从来没有吃过"油焖地环"一类的菜，想来，地环会变得很面，食之无味，弃之可惜，属于糟蹋东西。同时，也千万不要说，地环没有资格登上大雅之堂。这么一样土东西，却有个很清高的学名，叫作甘露子。传说，当年八国联军进北京，慈禧太后仓皇西行，在陕西潼关地界，偶然吃到百姓家里的酱甘露子，大为赞赏，从此念念不忘。等到乱事敉平，銮驾回宫，她下令，将甘露子添入宫廷八宝菜的食单上。

从字源角度讲，"甘露"这个词很古老，语出《老子》："天地相合，以降甘露。"当然，这里说的是露水。按传统话语，天降甘露是祥瑞，对当局者有利。据此分析，早年间的中原地带或许少见露水。否则，比如说在我们东北，夏末时节，天天都有露水，谁还能把它视为祥瑞？另外，清代植物学大家吴其濬在《植物名实图考》中称，岭北芭蕉的花苞中含有大量蜜甜汁水，通称甘露。还有一种传说中的神秘甘露，产于川西人烟罕至之处，白如雪，甜如糖，吃后能让人耳聪目明，精力充沛。这么说起来，土里生土里长的地环，能抢着与这些宝物部分共享"甘露"之名，还真是有三分的荣光与幸运呢。

梁实秋先生在《雅舍谈吃》中说："北平甘露子，清脆可口，是别处所没有的。"在我的印象中，梁实秋先生儒雅温润，精致细腻，一向是标准南方书生的形象。就因为发现他也好地环这一口，我才在深层意识结构里最终确认，他的确是一位土生土长的北京人。

梁先生当年买地环，最为推重的酱菜园子，不是全国知名的六必居，也不是北平知名的铁门酱园，而是金鱼胡同对面的天义顺。梁先生的评语只有四个字："货色新鲜。"

提到金鱼胡同，一般人可能没概念。这么说吧，整个王府井大街，全长一千六百多米，有谁曾从南头的东长安街一口气逛到北边的美术馆吗？应该很少。绝大多数人都是走到一半，遇见一组老北京青铜雕塑，有理发的，有拉洋车的，等等，观赏把玩流连一番，接着就转身回返了。对，让你止步的那条小小横街，就是金鱼胡同。

因此，著名的王府井，眼睁睁就以金鱼胡同为界，南繁华，北冷清。在我看来，这一现象，都足以列入"北京新十大怪"。

故乡沦陷吃猴腿

　　曾经向东北老家大哥请教猴腿、广东菜和牛毛广的区别，他聊得很尽兴，回头就给我寄来了一大包干猴腿。我很高兴，爱人更高兴，因为很久以前我做过凉拌腌蕨菜，她对那种清香味道有着非常美好的记忆。当然，她的这种高兴，还不能说是爱屋及乌，因为对于猴腿和蕨菜，她根本就分不太清楚。

　　可令我大感意外的是，经过整整一天一夜的温水浸泡，这些干猴腿仍然拒绝软化。其间爱人多次进出厨房，装作一副若无其事的样子，其实我知道她是在冷眼旁观。可是我，对于这些顽固的猴腿，确实已经无计可施了。万般无奈之下，没办法的办法，我强行将猴腿下锅，指望通过高温高压，迫使它们放弃抵抗。我使用了排骨与料酒，外加花椒、大料、大葱、大蒜和生姜，试图唤醒它们的滋味。但直到最后出锅，猴腿的韧度还是超出了想象，需要我们动员牙齿努力地切割再切割。就这样，一次拟想中的美好进食，几乎变成了一场辛苦的劳作。

　　山海关以南，不少喜欢偷懒的人会说，什么猴腿什么牛毛广，不过都是蕨菜的一种罢了。这么说，是完全错误的。蕨菜是蕨菜，猴腿是猴腿，虽然同属孢子植物，但在长相、口感与口味上，存在着天壤之别。同理，我们北方人说，那种开花结籽的油菜和被上海人唤作"青菜"的油菜，根本就是一种东西，你们南方的同志乐于同意吗？

猴腿学名蹄盖蕨，见过不少美食书人云亦云地夸它营养丰富，说在众多山珍中有"野菜之王"的美称。对此，我肯定持保留意见。相信在我老家，也很难找到一个人承认猴腿是"野菜之王"。告诉你吧，每年春风一起，猴腿就在山间沟塘子里成片生长，夸张一点说，如果有人不嫌弃，都可以挥舞镰刀一把一把地收割。但即使是最新鲜的猴腿，也很柴，很韧，与鲜嫩的蕨菜或猫爪子没法相提并论。

尽管猴腿无法与蕨菜比肩，但它也自有独特的香气，因此同样一直拥有数量不菲的拥趸。美国作家汤姆·斯坦迪奇在《舌尖上的历史》一书中说，采集时代没有穷人，因为野兽和野菜是大家共同的财富。而随着农业时代的到来，人们却活得更加劳累、更加不舒服了。比如，有历史学家统计称，狩猎与采集时代，每个成年男人每天只工作五小时，就可以保证部族的生存了；进入农业时代，一个成年男人却要每天劳作十小时左右，才能给家庭带来温饱。于是有人忍不住追问：如果进步不能让人活得更加轻松，那么我们这么辛苦到底是为了什么？

农业进步的另一个结果，就是河里田里池塘里的野鱼都不见了，夏天蜇人冬天絮罐的小虫洋喇子也没有了。我童年记忆里的故乡，在大哥的讲述中一点一点改换了模样。靠山吃山，已经快把山吃尽。但对此，我从来不敢有什么激烈的抱怨，因为我知道，故乡并不是为了任何人的怀旧而存在的。我们这样一群乡村的叛徒，舒舒服服地享受着城里的生活，却希望故乡永不变化，好让我们寄托间歇性发作的恋乡情怀，这是没什么道理的。

在电话里和大哥说起猴腿的不服软，我们互相大笑了一回，然后他承认，之所以寄猴腿，是因为蕨菜越来越不容易采到了。乡亲们开荒的铧犁，已经把大片山冈剃成了秃头。"回来你就能看到了，原来长蕨菜和四叶菜的地方，现在全是苞米地了。"大哥说。大家都会知道，有一句流行语这样感叹："每个人的故乡都在沦陷。"我知道，每个故乡沦陷的方式又各不相同，而在我的故乡，沦陷的表现之一，就是大家开始吃猴腿了。

溜肥肠与广东菜

　　说起来已是二十多年前，我去吉林柳河采访。团县委负责对口接待。当任的书记，是一位女性，清秀干练，快人快语，很容易让人产生一见如故之感。中午工作餐，又意外发现，她竟然和我一样，也酷爱肥肠。于是在一见如故之上，我们更进一步，决定仿效"红颜知己"而互称"肥肠知己"。

　　必须承认，我的所谓意外，肯定含有小小的偏见。女生闻肥肠而掩鼻，才符合一般人的心理期待，这也是事实。饭菜上桌前，少不了要交流肥肠心得，我和她都同意，好的肥肠，不可以用碱水清洗，也不可以下油锅硬炸软炸，因为肥肠特有的那种微微臭，才是我们的最爱，也才真正过瘾解馋。能和一位美丽女性就肥肠问题展开如此坦诚的对话，并达成深度共识，这样的奇妙经历，绝不是每个人都有机会遇到的吧。

　　随着溜肥肠一起上桌的，就有凉拌广东菜。

　　我当时正处在兴奋的劲头上，因此也来了一次快人快语，说在我老家辉南，早年间只吃蕨菜、四叶菜和猫爪子，什么猴腿、牛毛广，还有这个广东菜，一般都没资格上桌的。女书记不反驳，探过身子隔桌与我握手，毫不掩饰地对我知道这么多种山菜大加赞赏。同桌却有人回应说，柳河的广东菜和别处的不一样，因为雨水大，所以特别鲜，特别嫩，黄瓜香味也特别浓，清淡爽口，适合解腻。我知道自己可能说错话了，赶紧往回找补，连吃了好几口之后说，柳河广东菜，果然和我小时候吃过的不一样。但针对他最后一句话，我心里想的却是，他肯定不懂肥肠，因为最让我们着迷的，就是这个腻，压根不需要解的。

实际上，即使是乡下孩子，也有不少人对猴腿、牛毛广和广东菜分不清楚。和蕨菜形单影只不同，猴腿爱扎堆，一长一片，初生时身上的小叶子也完全不像叶子，呈颗粒状，像是一串串棕红色的小纽扣。牛毛广的样子，和猴腿差不太多，却最好认，因为它浑身上下披着一层黏乎乎的细绒，像牛毛。

广东菜学名荚果蕨，又叫黄瓜香，它与猴腿、牛毛广最大的不同在于丛生，一条根上会长出一窝绿茎，而且从根到梢，上下布满艳绿色的小拳头。吃广东菜要趁早，等到这些小拳头全部伸开变成小巴掌，那就几乎是一棵小树，没处下嘴了。

那天之所以与女书记相谈甚欢，还有一个原因，就是柳河与我的家乡辉南紧邻，中间只隔了一座罗通山。据女书记讲，柳河当地，正在对罗通山大力开发，准备建成知名的旅游景点，力争成为省城长春的后花园。作为建设指挥部的一员，她刚刚从罗通山下来休整，忍不住眉飞色舞地给我们讲，在罗通山顶一块巨石上，唐代小英雄罗通所骑战马的蹄印至今清晰可见，惟妙惟肖。

我当场贡献了流传在辉南的一则民间传说，以备他们编制旅游宣传资料时参考。话说当年罗通挂帅扫北，就在罗通山上，大败高句丽军队，之后，将高句丽人整体东迁，并为他们重新订立了很多生活规矩。其中，高句丽人问：我们以后吃什么水？罗通说：还能吃什么水，吃井水呗。高句丽人听错了，以为是吃顶水。因此，直到今天，高句丽后裔还习惯从井台或小溪往家里顶水喝。

　　但我没有说出口的是，不仅罗通本人是话本人物，连他的父亲罗成也是话本人物，在历史上并不存在。而且，在《说唐全传》等各类小说中，罗通是与东突厥人打仗，在牧羊关解救了唐太宗李世民。牧羊关在今内蒙古，罗通怎么可能深入到这么荒远的吉林深处呢？不说，是因为我明白，食人之食，成人之事，不可以为自己逞口舌之利，而扫了人家的兴头。

　　多年过去了，不知罗通山的旅游开发取得了什么样的成果；柳河广东菜，应该为更多的人所喜爱了吧。来深圳之后我发现，这种荚果蕨广东不产，广东人也不吃，那么它为什么会被称为广东菜呢？问过以老家大哥为代表的众多乡亲，也请教过以作家刘元举为代表的众多深圳东北人，至今还没有发现令人信服的答案。

牟家沟牛毛广

　　当然是因为父亲的缘故，当年我家和牟家沟周家，结成了像干亲一样近的往来关系。这在当时还是少年的我看来，是一件很奇异的事。因为父亲话语少，为人消极，处事保守谨慎，上班之余，要么一个人喝小酒，要么一个人读闲书，要么一个人在前后园子里侍弄菜地，一次都没听他念叨过他还有朋友。

　　在我长大过程中，一直都对交朋友存有不可克制的经营之心。因为唯恐开罪身边任何一个人，所以多数时候会习惯性地顺情说好话，有时还刻意说些违心话讨好人。后来自己反省，我这种表现，应该与对父亲的生活态度和生活方式不满有关系。面对任何一件事情，都要和父亲那种消极式的反应或习惯相反，这确实曾经是我给自己设定的一个成长目标。

　　这样，每逢腊月底，周家的独子福才，都会从牟家沟来。当他甩着红缨大鞭赶着牛车出现在我家大门口时，我就知道，要过年了。免不了的，福才大哥车上的大包小袋，是我们的一种盼望，除了瓜子和花生，里面总是装满了核桃、杏仁、榛子一类的山货。有时候，他还会得意地从麻袋里掏出一两只野鸡来，并且给予我特权，可以第一个下手去拔野鸡绿光闪闪的长尾巴。

热热闹闹吃过一顿饭之后，我们家也不会让福才大哥空手回去。冻肉、刀鱼、虾片，还有标着"精粉"字样的小袋白面，母亲是顺手抓到什么，就往他的口袋里塞什么，惹得福才大哥一个劲儿推辞，并高声抗议：拿东西回家，会被奶奶骂的！其实呢，谁心里都明白，东西不在多少，往来就是一种珍贵，这样的守望相助，越朴素，越动人。

福才大哥每次到我家，带的山野菜却从来只有一种，那就是牛毛广干儿。

在山间坡底初生的牛毛广，浑身上下长满了黄褐色的绒毛，因此"牛毛广"最方便的理解就是"长满了牛毛的广东菜"。实际上，按我老家的习惯，一般不吃带毛的山菜，包括牛毛广。而且牛毛广稍一长大，头顶抱叶的小拳头张开，东北话叫"放蹼"了，叶片就会变得像纸一样薄，也确实不好吃。

但是周家奶奶掌握一种特殊本领，能用揉搓的手法，把牛毛广料理得服服帖帖。福才大哥拿来的牛毛广干儿，在温水里泡上一个时辰以后，会变成深红色，而且非常光滑鲜嫩，有弹性。多少年里，牛毛广的清香，都是我家除夕年夜饭桌上独有的一味。

那么，我家与周家，到底是怎么亲近起来的呢？据母亲说，是父亲下乡蹲点，进驻牟家沟，在周家吃派饭，与周家奶奶聊得来，于是周家奶奶非认父亲当干儿不可。虽然父亲最后没有应承，但事实上已把周家奶奶看成了亲人。

每年里，我都会跟父亲去牟家沟，见几次周家奶奶。我曾经好奇地问过，揉搓牛毛广到底有什么秘诀，周家奶奶咧开缺牙的嘴只笑不说话，福才大哥在旁边说，哪有什么秘诀，只不过是比别人更耐心，比别人用的时间多一些。后来有一次，我终于亲眼见到了周家奶奶搓牛毛广，几乎是从清晨一直持续到日落，感觉牛毛广都已经被她提前揉熟了。

曾经惊骇于周家奶奶脸上深深的皱纹，好像夹在大山之间的一道道干涸小河。这样一位老人家，在几间简陋的草屋里，每天不紧不慢地操持家务，日子艰辛，显而易见。可在她的眼睛里，你永远也看不出有什么悲喜。来客了烧水，送客了洗杯，落锁前叫猫，开门后喂鸡，这就是她的全部生活。

如今想来，周家奶奶几乎是隐藏在乡下的一位智者。这并不是说，她有多了不起，能够洞察世间真理。而是说，对于生活中的任何一件事，她都有毫不犹豫的定见。不管面对什么样的选择，她都能按自己的朴素原则，第一时间做出决定。即使错了，她也能提供一整套解释，让自己和周围的人心安。

吃荨麻下巴疼

荨麻的细芽和嫩叶可以煮汤，这是确定无疑的。大学三年级时，参加学校组织的社会实践田野调查，在吉林敦化林区坐森林小火车，吃荨麻豆腐汤，是我感觉最为新奇的两件事。当时就意识到了，这样的经历，此生不可能遭逢第二回。

后来听敦化林业局文化馆的朋友讲，吃荨麻，是鄂温克人遗留下来的古老传统。按专家说法，生活在东北密林深处的鄂温克人以及鄂伦春人，都应该是当年满洲人的分支。或者说，他们与满洲人同源。但是，他们属于不太受重视的边缘部落，因此当年没有机会"从龙入关"，也就没能去中原地带抢荣华夺富贵。这一点，反而让他们基本的民族特性与文化习俗得以留存至今。

如果问我吃过的荨麻豆腐汤是什么滋味，我只能说没什么滋味，只是吃个新鲜。年轻时，最热爱的还是各种肉，肥瘦不拘，多多益善。山鸡、野猪、狍子，这些野物，才会让我们口水横流。即使不提肉，只说野蔬，陪着荨麻汤一起上桌的，还有肥松茸、脆木耳、甜桔梗和辣山椒呢，哪个不比荨麻滋味更好更足？因此，对于"清香"这种带有苦寒意味的东西，当时的我们确实不敏感，也没兴趣。

酒足饭饱之后，我们一伙人到富尔河边散步消食。大月亮在水里，岸边各种野草像林立的枪尖，暗影中的杂木像蹲伏的怪兽，而隐约可见的藤蔓类植物则居间拉拉扯扯，织成了一个密不透风的植物王国。于是我忍不住想，连荨麻这么凶蛮的东西都能吃，那么眼前这些温顺的植物当中，还有什么是不可以吃的呢？

据说荨麻不怕土地贫瘠，只要有一点阳光一点水就可以疯狂生长，因此一般被视为毒草。在植物世界，所谓毒草，并不一定真的有毒，而是说它们像癌细胞一样无比健康，无理强壮，毫不客气地抢夺一切资源，不肯给其他植物留下活路。可英国博物学家查尔斯·瓦科奇却在《植物》中说，荨麻外表粗鲁，内心柔软。这一点，我倒没感觉出来，你大大咧咧伸出胳膊与它来一次亲密接触试试看，不蜇得你一蹦三尺高才怪。

荨麻蜇人的原理是，其藤上密密分布的细毛是中空的，里边藏有植物毒液。它们一旦与人的皮肤接触，就会直接断掉，并携带毒液钻进汗毛孔。这种毒液，会让你瞬间产生灼烧感，这就是一种特殊的疼痛。

在世界各国中，吃荨麻的主力，是俄罗斯人，他们不仅用荨麻拌凉菜，还把荨麻与土豆混在一起烧牛肉。战斗民族，口味不一般，也是可以理解和接受的。

最有意思的新闻，是在英国多塞特郡马什伍德村，有一家瓶子酒店，每年举办"吃荨麻世界锦标赛"。参赛者每人免费获得一株长六十厘米的荨麻，在一小时之内，谁吃掉的叶子多，谁就获胜。据说，拔毛是最耗时的工序，否则，蛰毛入喉，会引发刺激性皮炎，造成食道红肿发痒。曾连读多年获得冠军的一位厨师在接受美国媒体采访时说，伤害并没有想象那么大，最困扰他的是下巴疼。"不管是什么东西，连续嚼上一小时，下巴都会疼的。"他这样说。

荨麻的"荨"字，读"前"音，可是很多人顺口就会读"寻"音，甚至连一些医生也说"寻麻疹"，于是，我们的字典也就顺势给增加了一个"寻"音。这就是文字与语言的正确关系，约定俗成，用着方便，就行了，也不必过于拘泥对与错。另外，荨麻疹与荨麻没有什么直接关系，只不过荨麻疹引起的皮肤肿块，有点像被荨麻蛰过的样子而已。

兄弟刺儿菜

　　你肯定也有那样的朋友，无论什么时候想起来，心里头都无比踏实；不管多长时间没见面，只要一声召唤，就像昨天刚一起喝过大酒一样。我和好兄弟李秀武，就是这样一种关系。当然，我知道，能在朋友当中赢得如此信任，他默默付出了很多。

　　那一年，我入职《青年月刊》杂志不久，"六一"儿童节前夕，正逢《未成年人保护法》颁布实施，我应景策划了一组特别报道，打算采访几个未成年人权益受损的案例，主标题拟叫"儿童节，我们不奉献鲜花"。

　　其中一个案例，在吉林省辽源市。是一个初中生淘气，不知打哪儿学的，拿根针扎进邻居家有线电视的传输电缆，把信号引到了自家电视上。结果，被发现，被罚款，被拘役。这些都没有问题，问题在于，整个处理过程被全程录像，之后拿到电视台播放了，而孩子的脸，一次都没给打马赛克。这当然侵害了未成年人的肖像权，我们抓住这一点，要做一个典型报道。

我的兄弟李秀武，就在这家电视台工作。

到了辽源，不可能不找秀武，而在全程接待我的过程中，秀武一句反对采访报道的话都没有说。第一顿接风酒，他特意找来好几位校友，陪我对辽源著名的地产白酒"二十四楼"发起了进攻。当地习惯，不管什么人什么身份，只要从长春来，一概称为"省里领导"。因此，判断酒喝没喝好，最直接的标准，就是看能不能让他们忘掉"省里领导"这个话头。

那一天，几位校友的酒量都大得惊人，等他们终于不再提"省里领导"时，我也已经接近"断片儿"了。真正喝醉，会忘掉发生的一切事儿，这是真的。当时秀武把辽源本地特色佳肴点了个遍，但我不记得任何一道菜的滋味了，只记得临近尾声时，为了醒酒，他又叫了一盘刺儿菜。

从十六岁离家起算，我应该有十年没吃过刺儿菜了。这个东西名副其实，真的有刺，会实实在在地扎嘴。在我老家，刺儿菜可吃的时间非常短，只在初春几天，等它一伸开腰，就变老咬不动了。刺儿菜的学名叫小蓟，说起来，它的刺儿与近亲大哥大蓟相比，根本不算什么。大蓟在东北，被称为"老牛错"，它的秧棵更大，刺儿更坚硬，如果老黄牛不小心吃进嘴里，扎得难受，都会自己承认"我错了"。

据秀武说，我当时已经醉得站不稳了，可是一见刺儿菜，眼神马上直了，闹闹嚷嚷地挣扎着，非用手抓一把塞进嘴里不可，然后还反复念叨："汪曾祺说过，所谓的清香，就是坐在河边闻到的春水味道。"难怪，第二天一觉醒来，我发现衬衫前襟上有一大片绿色的污迹，想来应该是我大嚼特嚼，刺儿菜的汁液顺着嘴角淋漓了下来。

正式采访时，我们先去了初中生的家，那一对父母都是本分人，对孩子的事，并没有太多抱怨。"错了就是错了。"他们一直这样说。之后，我们去采访主审法官。本来已经和他们约好了时间，可赶到法庭，却见大门紧锁，里面空无一人。我们大概等了两刻钟，然后决定放弃。反正当时我已经学会了，采访未遇，就把过程呈现出来。"法官躲起来了。"这样一写，有时候反而更有效果。

那时候，我正年轻气盛，内心依然存有干预社会、拯救苍生的豪迈感。后来也想过，如果秀武当时让我放弃报道，我会怎么办呢？还真说不好。

但最后，这个报道没能发出来，是因为杂志社内部有人坚决反对。我至今记得他们给出的理由："儿童节你不奉献鲜花，难道要奉献刺刀吗？"一方面，我对他们如此狠辣的质问手段佩服得五体投地；另一方面，我也在心里默默反驳：这么一篇小报道，哪里敢说是刺刀，顶多也就算刺儿菜而已。

一根生两物

看日本著名饮食电影《小森林》，女主人公市子吃一种笔头菜，当时吓我一大跳：这种东西也能吃？在我东北老家，树篱下或背阴坡，笔头菜多的是，一根直立的茎，呈淡淡的红褐色，上半部长有密密的细毛，看起来确实像一管毛笔。它们总是一副弱不禁风的样子，悄悄地长，然后悄悄地消失。对于笔头菜是不是可吃，我们好像从来都没想过，因为它们的长相，很像另一种上不得台面的菌类"狗尿台"。

电影里，经市子水煮加工之后，笔头菜变得软塌塌的，是一副彻底委顿的模样，接近于烂。不是因为煮熟了才烂，而是一种天然烂。说到食物的口感，脆是对牙齿的奖励，糯是对舌头的按摩，沙是对内腮的抚慰，而笔头菜看起来不脆不糯不沙，相信定会是一种腐败的口感。因此，在市子亲手试做的数十种菜品中，笔头菜是唯一丝毫没有唤起我食欲的。

影片中还有一位选择留在乡村生活的男青年龆太，他说，远古祖先曾经把笔头菜当作珍贵的食材。这话听起来不怎么靠谱，因为笔头菜是有小毒的，食用之前必须把上头的细毛全部摘掉，非常费工费力；然后，用开水猛焯，出锅后还需要在冷水中浸泡半天，并充分清洗，一直折腾到菜茎发白了，才能下油爆炒，之后加大量的酱油炝炖，日本的说法叫佃煮。

有资料说，如果马在吃草时不小心吞了笔头菜，会出现后腿无力的症状。对此我有疑惑：为什么偏偏只是后腿？随后，更大的疑惑出现了，有人说，还有一种名叫问荆的植物，实际上也是笔头菜。可是，看问荆的图片，我分明认识，在我老家，它叫节骨草，绿色伞形，像一株小树，兔子最喜欢吃。难道说，是笔头菜长大以后变成节骨草吗？我想了又想，最后断然认定，红毛变绿枝，绝对不可能。

后来偶然读到1906年上海商务印书馆出版的《博物学大意》，我的疑惑才得到解答："笔头菜与问荆，同茎而生者也。"等再读《北京植物志》，我找到了更为详尽的解说，是同一条根，在地面以上会分别长出两种不同的茎。第一种叫孢子茎，早春四月中旬发芽，因为没有叶绿素，所以呈红褐色，肉质，不分枝，这就是我们所说的笔头菜。第二种，叫营养茎，要等到笔头菜枯萎以后，才破土冒芽，绿色，多分枝，也就是我们所说的问荆，即节骨草。

了解到这一真相，我不免兴奋又惊奇：一根生两物，这样真的可以吗？在植物界，这会不会是绝无仅有的？小时候，我们倒是从来不碰笔头菜，可我们没少薅节骨草喂兔子啊，怎么就从来都没有注意过，它们是从同一条根上长出来的呢？神奇就在身边，我们无眼发现。

有人曾把问荆写成"接骨草"，这是不对的。接骨草另有其物，是一种半灌木，据说花叶外敷可以治疗骨折。而节骨草正相反，植株的关节与关节之间，相当松弛，轻轻一拉就会断开。小时候走远路无聊，最为便当的消遣方式，就是从路边随手拔一株节骨草，一节一节地拔着玩。

日本偶像剧《花样男子》里，让富二代道明寺司和大帅哥花泽类着迷的女主人公，名叫牧野杉菜。有人想过"杉菜"是什么菜吗？没错，正是永远难以成为正餐的笔头菜。原作者神尾叶子，就是用这样一个名字，来搭配牧野的草根出身。说起来，野菜本来就已经是流落荒野不得入园圃的群体了，可内部依然要划分出阶级来，人类自寻烦恼的习惯，还真是永远也难以戒除的。

《小森林》的主人公市子大学毕业后，也曾在城市里打拼，但事事挫败，内心崩溃，只好躲回老家疗伤。她采野菜，种水稻，慢慢爱上了乡村生活，身心健康逐渐得以恢复。可是，在她内心深处，一直有个硬梗，觉得自己失败了跑回来，是对故乡的不尊重。于是，在小森林里生活一段时间后，她重返城市，咬紧牙关打拼，闯出了足以让自己立脚的一片天地。之后，才放胆允许自己无比思念和渴慕家乡，这才正大光明地重新归来。日本人的曲折心事和自虐情结，可能我们永远也难以搞懂。

市子彻底回乡后，精神焕发，斗志昂扬，不仅全力投入农业生产，而且还要为重振乡村精神做出贡献。她在大吃特吃笔头菜之余，带领年轻人做的第一件大事，就是在春收节上，把中断多年的神舞表演给恢复了。同时她还与同伴约定，每个人都要多生孩子，给小森林带来根本性的生机与活力。

事实上，乡村空洞化，是让很多国家头疼的普遍难题。市子的招法，未必有决定性的效果，但至少电影这么演，会给人很大的安慰，尤其是对像我这种拖着乡村背景在城里讨生活的人来说。

苣荬菜

蕨菜

黄花菜

刺嫩芽

灰菜

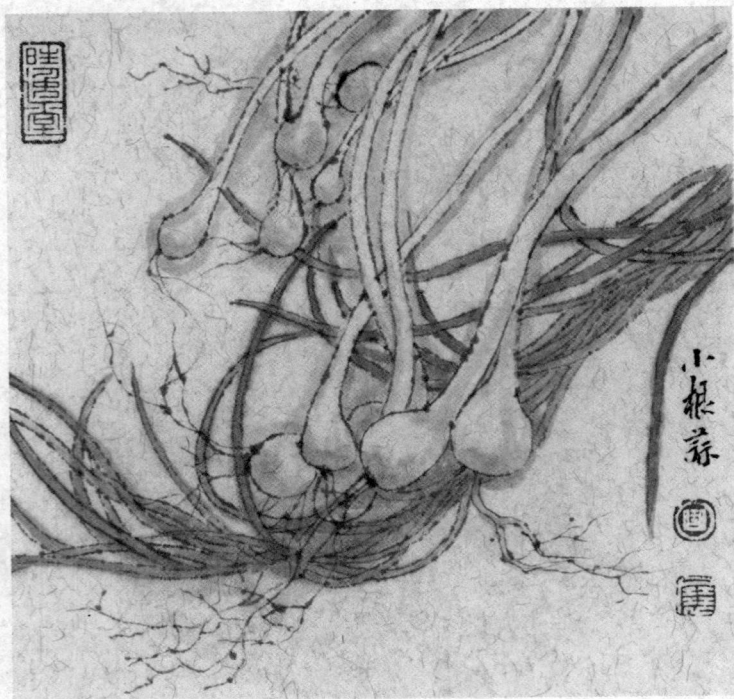

小根蒜

鸡头米

参差荇菜
左右流
之
窈窕
淑女
寤寐
求之

荇菜

菱角

蒲棒

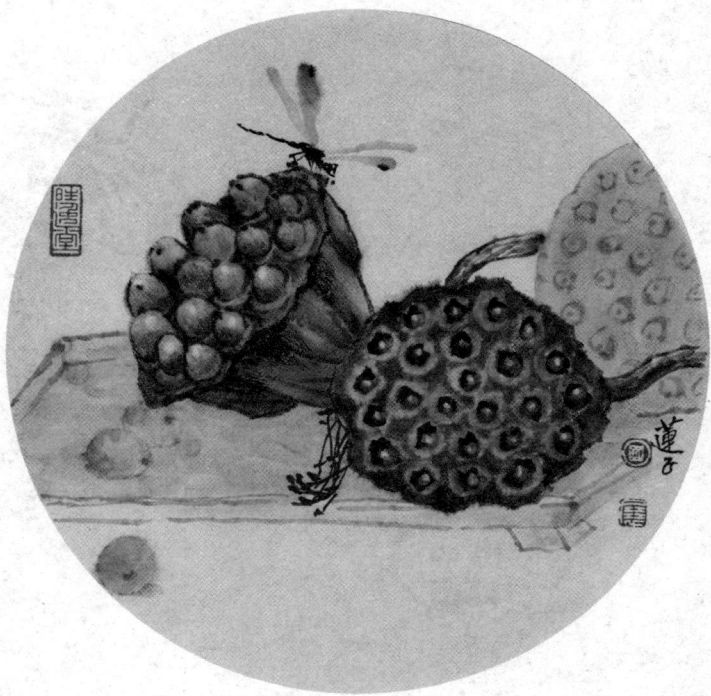

莲子

荸荠

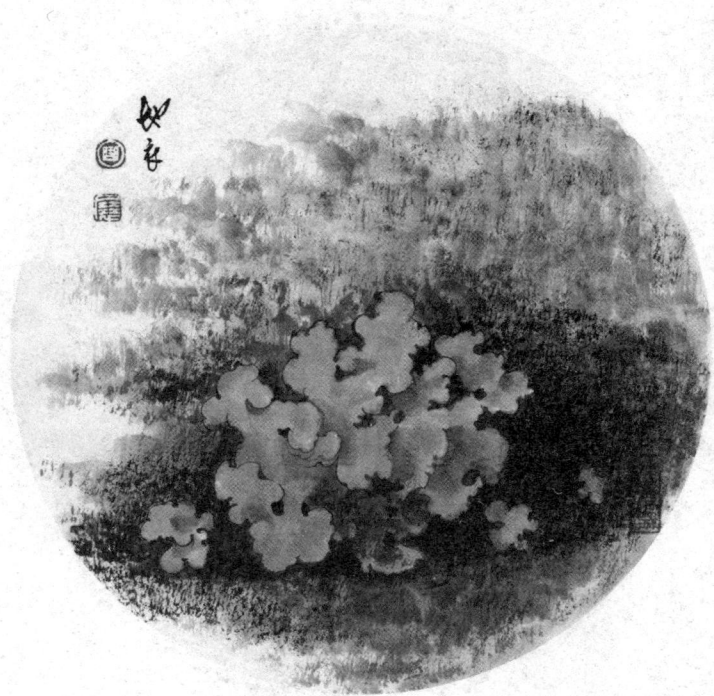

地衣

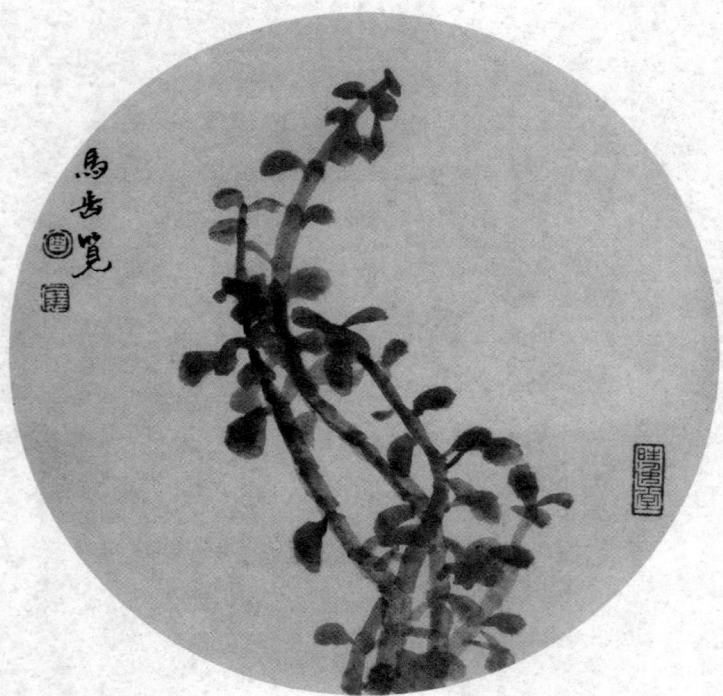

马齿苋

竹笋

冬葵

橡实

麻果

扛板归 三角形状菜片 作常像斜也用的
辟犁所以又名刺犁头，屈子昌龄作画

扛板归

榆钱

第五辑

韩国料理

蒿子三种

客居首尔，初春时节的周末，常走远路到郊外挖小根蒜。同一片山坡上，会有一些韩国大嫂也在埋首挖着什么。当我和她们不经意地碰头时，相互都忍不住往对方篮子里窥望。一望之下，我不禁小小吃了一惊：她们挖的，分明是艾蒿的嫩芽。于是忍不住要请教她们：这个也可以吃吗？她们很肯定地回答：可以，煮酱汤非常美味。

隔天逛超市，果然注意到在货架上有这种艾蒿出卖，于是好奇心大起，买来一小撮，洗净剁碎，配圆葱、辣椒，加工成了酱汤。女儿放学回家，一脚门里一脚门外就扇着鼻子大叫："这什么味啊？"爱人下班，进门的第一句话也是："你煮蒿子了？"于是我就知道，今天这道实验汤，只能由我一个人消化了。

说起来，中国大部分地区都有这样的习俗，每逢端午节，家家户户早早出门采艾蒿，之后将绿枝密密挂在门楣，取驱疫防病之意。我们玩的，是一种象征手法。而韩国人呢，在植物药用观上本与中国人相近，他们则更直接，干脆把艾蒿吃进肚里去了。

如果用文学化语言来描述，艾蒿酱汤传递的是一种田野深处的气息，似乎与风有关，与泥土贴近，是植物群落里真正的野味。再准确一点说，这道汤不甜不苦，不腥不酸，吃下去，好像那种不清不楚的味道在鼻孔中走岔了道。或者，你回忆一下游泳呛水的体验，然后试想把呛进鼻腔里的水换成空气，那就是艾蒿酱汤所唤起的身体反应了。

实际上，说到吃蒿子，至少东北人也不弱于韩国人，只是，我们一般不吃叶片上长绒毛的品种，最常吃的是柳蒿芽。也是初春，百草萌发，柳蒿冒尖，随便在路边田畔就能掐下一大把，带回家用开水焯一下，就可以蘸酱吃了，自有一股野蛮的清新滋味。

柳蒿之所以叫柳蒿，是因为秋后它会长成很大的一棵，几乎像小柳树，而且枝条铁硬，是上好的烧柴。因此，发现柳蒿可吃，想来应该是这样一个过程：熬过北方漫长的冬季，人们对绿叶菜的渴望已达到焦躁的顶峰，因此，冲向原野，不论逮到什么，都会动尝一尝的念头，于是，第一批泛绿的柳蒿就被强掳成为盘中餐。

当然，第三种蒿，是我们平日里经常吃的茼蒿，它虽然虚担了一个蒿子的名头，其实是家养的蔬菜。但相比于温润的萝卜和甜脆的白菜，茼蒿毕竟还有一丝冷冽的异味，因此成为很多人的偏好之物，或成为另一些人的厌恶之物。久居韩国回北京，吃好兄弟画家曲展请的火锅，我迫不及待地点了茼蒿。可等到酒足饭饱要埋单时才发现，店家根本没给我们上茼蒿。

经与服务生争争讲讲，最后才弄明白，在北京，所谓茼蒿是另一种菜，宽叶嫩梗，样子接近油麦菜，而我们东北人所说的茼蒿，被北京人称作"蒿子秆"，明显包含一种等而下之的歧视意味。

南下深圳，再吃火锅，我就留了一个心眼，点茼蒿前，先求证，结果，又有新发现，深圳人给茼蒿这种平凡菜品起了个非常尊贵的名字，叫"皇帝菜"。

韩国人吃西葫芦秧

在韩国时，常与爱人为吃东西闹别扭。她去市场，十回有八回要拎家来一袋子绿菜，不见一点荤腥。我就严正抗议：你这是在喂牛！我这么说，并不算冤枉她。早年在中央民族大学，曾蒙哈萨克族朋友招待，吃正宗奶茶，朋友就讲，哈萨克族人早年是不吃菜的，主要靠茶来补充维生素，他们就把吃菜称作"吃草"。

遥想万千年前，神农氏尝百草，走到朝鲜半岛时，可能给他们留下了另一本秘籍。因为他们的蔬菜食用范围，比我们宽泛太多了。萝卜、白菜、土豆、辣椒这些共有的菜品之外，辣椒叶和地瓜梗，也是他们的盘中餐。这还不算太奇怪，因为这些东西，中国的南方人也吃。比较奇怪的，可算是苏子叶。当然，现在东北人受朝鲜族影响，也肯吃苏子叶咸菜，但生苏子叶呢，却从来不吃。

而在韩国，吃烤肉，生苏子叶是必备的包菜，主要功能是解腻。每遇洪涝灾害，或是逢年过节，韩国总统府出台物价控制对策时，会专门规定苏子叶的最高限价，你说它在韩国人民日常生活中该有多重要！

　　就算是中韩两国人民同样都吃的菜，做法上也会天差地别。西兰花，我们又蒜茸又红烧的，唯恐不入味；可韩国人呢，只是简单地用开水烫个半熟，直接就蘸辣酱吃了。还有蒜薹，他们也是在水里煮上七分熟，然后捞出来，切段，拌凉菜吃。为什么要七分熟？韩国朋友说，保持点辣味才更可口。

　　刚到韩国半年的时候，有一次女儿和她的朋友格格巫在网上聊天，提到晚餐吃什么，女儿说："排骨炖西葫芦秧。"格格巫表示不解："西葫芦炒太熟了口感都腻腻歪歪的，炖着吃，啥味啊？"女儿纠正她："不是西葫芦，是秧。"格格巫马上发来一个表达吃惊的图标，一张小圆脸上全是张大的嘴巴。

　　那一天，是我去买的菜，砍了两斤排骨之后，一眼在地摊上发现了西葫芦秧，和水芹菜及空心菜并排摆在一处。我大感好奇，直接请教摊主：这个也可以吃吗？摊主白了我一眼：当然可以吃！我硬着头皮继续请教：怎么吃呢？摊主说：可以包饭，可以腌泡菜，也可以煮汤。注意事项是，吃之前要把茎上的外皮剥去。

　　我当场决定尝尝鲜。入乡随俗，身土不二，到了人家的地界，就不要有排斥心理，没准，还真能发现一种美味呢。我想好了，反正是用排骨炖它，即使再不中吃，借排骨的光，也不会差到哪里去吧。

　　结果，那天晚餐，我又当了一回吃草的牛，因为爱人和女儿拒绝把西葫芦秧这种异物放进嘴。作为对我决策失误的惩罚，我不得吃排骨，只能全力对付西葫芦秧。说实话，经排骨煨过的西葫芦秧，并没有想象中那么难吃，口感还微微有些甜呢。只是，入嘴即渣化，实在欠嚼头。具体说来就是，牙齿在一团没有韧性的材质间切割运行，我要时刻提醒自己当心，以防上牙直接磕疼下牙。

　　西葫芦秧居然也可以入菜，这毕竟太刺激人的想象力了。那么，土豆藤可不可以吃，茄子叶可不可以吃，扁豆叶呢，番茄叶呢？

橡子不是榛子

有一种韩国小吃食，在中国从没见过，因此也就没有对应的汉语名称。经过认真推敲，我为它编排出一个译名，叫"堵头栗"。这三个字，与韩语发音十分接近，字面意思也很贴切，应该是非常符合翻译原则"信达雅"的杰作。

堵头栗，即可能造成身体某一头发生堵塞的一种干果及其制成品。这种干果是橡子。其制成品，是经过粉碎、过滤、发酵诸道工序后做成的一种糕状物，意译应该为"橡子皮冻"。深棕褐色，有弹性，进食时配酱油及葱末，味清香，微苦。

最初语学堂老师教到这个韩语词时，还拿出了彩色图片给我们欣赏，解释说是橡子粉做的。我很疑惑，橡子？榛子吧。橡子是柞树的果实，夏天青绿，秋后褐黄，硬脆，有极涩的味道。在有天灾的年月里，大家顶多也就吃吃树叶、树皮和草根。要等到人祸惨烈，橡子才能出场，充当代食品。因为橡子磨粉看起来像次一等的白面，但是吃进胃里不消化，会在直肠干硬板结，无法通畅下泄，重症患者甚至需要至亲帮忙用手来抠。而榛子是榛柴的种子，颗小，结实，味极香，是北方地产干果中的上品。

后经多方求证，果真不是榛子，是橡子。当然，中国人也是吃过橡子的，橡子面窝窝头，当年是日本人逼劳工吃的东西，与万人坑、柳条帽有着相同的记忆色调，又灰暗，又绝望，弥漫着血腥的味道。现在，韩国人依然在吃橡子，试想一下，这样的消息传回国内，会引起大家什么样的反应呢？没来过韩国，但听说过韩国饮食单调的人，会略显幸灾乐祸：看看，他们吃些什么？但我希望，会有有心人，受此启发，拿出行动来，也开发出咱们自己的橡子产品。要知道，北方的山上，入秋之后，橡子漫山滚。若真能搞好开发，不只是为农民兄弟做了好事，也是在为构建和谐社会添砖加瓦。

当然，把橡子皮冻叫成堵头栗，是戏谑说法。堵头栗是深加工产品，并不堵身体的任何一头。而且，把橡子及制成品叫"栗"，是取橡子与栗子外形相像。这对栗子来讲，有点不公平。韩国也是有栗子的。中国人吃栗子，招法很多，家常是水煮，街头则用铁砂炒，用爆米花机炸。韩国人只有一招，就是直接用炭火烤，烤得栗子四分五裂，烂肠烂肚的，但其妙处是，香得原汁原味。

韩国人吃橡子是件新鲜事，同样新鲜的，是韩国人吃爆米花。这种粗黑零食，在中国的城市里已不太容易寻到踪影，可汉城人却还在大吃特吃，无论童叟。还有一种东西叫米肠，在延边读书时曾经吃过，是用猪血混大米灌肠煮熟，之后切成大块，连汤吞食，美味无比。那时节，还有同学因为多次请女孩吃这种东西而把恋爱谈成了的记录。可是在韩国，米肠里只有米与粉丝，猪血被抽条了，另外配以猪肺，软乎乎的，一不小心就能把人吃恶心了。

以上所列的这些吃食，在首尔最繁华的大街两侧都很容易找到，那里的小食摊三步一岗、五步一哨。而在中国的很多城市，据说为了国际化，这类小食摊，都被法不容情地取缔了。在取缔过程中，有部分城管人员像强盗一样将摊主成筐的鸡蛋摔得满地黄白，或像成龙拍电影一样把摊子砸得稀巴烂，这样的场景，曾在朗朗白日下反复上演。对此，我将永远耿耿于怀。

关于山葵的闲话

现在我已经不敢一口咬定是《善德女王》了，反正记得看过一部古装韩剧，里边有一个情节，说某外国使臣到访，强烈要求吃芥末，否则就宣布会谈失败，登车回国。于是半岛上下紧急动员，最后，还真给找到了一种山野菜，其根茎可以磨出黄中泛绿的粉末来，有足以乱真的芥末味道。

这样谈论芥末，存在着指代不明的风险。因为真正的芥末，与根无关，与茎也无关，而是将芥菜种子碾碎搅拌而成的，颜色偏土黄。这种芥末原产中国，其代表菜品，就是大名鼎鼎的北京芥末墩儿。满族作家老舍，生前最爱芥末墩儿。那么，在韩国吃生鱼片，或者在日料店吃寿司，我们所蘸的那种绿色调料，是不是芥末呢？告诉你，那不是芥末，而是辣根，又名马萝卜，原产欧洲，它的绿色，是用人工色素染成的。

现在问题来了，日语所称的"瓦萨比"，指的是芥末和辣根哪一种呢？事实上，哪一种都不是。真正的瓦萨比，来自另一种野生植物，名字叫山葵，在植物学上归类十字花科，山嵛菜属。山葵整株长得像胡萝卜，粗短，黑绿，表皮有坑洼。它对生长环境要求苛刻，海拔要在一千三百米到两千五百米之间，必须是冷凉潮湿的高山或溪谷，所以，瓦萨比即山葵酱在日本，向来被视为顶级调味料，一般的工薪族是不容易吃到的。

作家叟俏讲过她在日本西伊豆遭遇山葵的经历：高山清潭晶莹溪水，千年枯木死后一棵棵倒下，慢慢腐烂在透明的水中，神秘的山葵，就长在这样干净到奢侈的环境里。当地的山葵农户在采挖山葵前，要一脸庄重地敬拜山神，在叟俏看来，相当于"念咒"。而磨制山葵酱，则像在砚台上研墨。"它的质感有种丝丝拉拉的粗粝，也从不装作自己入口即化，研磨出的山葵酱堆成一座极为淡然的小山。"然后，作业完毕的农户会朝山葵酱鞠上一躬，说："这就是禅。"

叟俏目击的，是旅游民俗，自然有表演性质。据上海美食作家老波头称，在日本的大都市里，任何一家美食店提供山葵酱时，都要先拿整棵山葵给客人看。贵啊，验明正身是必要的，借机炫耀也是人之常情。而且，磨山葵酱，不能使一般器物，要用鲨鱼皮。或问，日本人为啥不嫌麻烦一定要现磨现吃？这是因为，山葵的辛辣味是挥发性的，很难长时间保存。而且，山葵酱绝不可放进酱油内搅拌，否则味道全失。正确的吃法，是拎起一片鱼生，一头蘸酱油，另一头蘸山葵酱。据吃过纯正山葵酱的朋友透露，它绝不像辣根那么冲动霸道，而是极为冷冽细腻，并且，后劲消散得很快，回味则是淡淡的香甜和清爽。

因此，那部韩剧里最后被找到的山野菜，理论上应该是山葵。不过，在韩国生活多年，我从来没吃过山葵酱，也没听说过韩国产山葵。各种大店小店随生鱼片一起上桌的，永远都是包装成牙膏模样的标准辣根。有科学测试结果称，辣根的辣度，是山葵或芥末的两倍以上，三五滴入口，两股凉气经鼻孔直冲脑门，很容易让人涕泪交下。明知如此刺激，依然要果决地把筷子伸向辣根，这个就叫瘾。

早年间，辣根在欧洲，也不是便宜东西。英国作家克里斯·比尔德肖在《100种影响世界的植物》中说，古希腊德尔斐神庙中的神谕曾这样告诉光明之神阿波罗："萝卜与等重的铅同价，甜菜与等重的银同价，辣根与等重的金同价。"当然，贵归贵，可这么说还是明显夸张离谱的，不排除是天神不了解民情，被手下负责后勤的小神给骗了，正如传说中清代光绪皇帝被御膳房太监告知，一枚鸡蛋就要花三两银子一样。

梁实秋先生在《雅舍谈吃》中说，美国热狗上头蜿蜒分布的所谓芥末，一般都酸兮兮的，并没有中国芥末独特的气味，也制造不出呛鼻的效果，因此并不是真芥末。不知此说是否真确，还望熟悉美利坚的方家就便教我。

吃国花

那天去深圳图书馆，公交车上的移动电视正在播一个美食节目，是用木槿花做菜。我马上来了兴致，眼睁睁坐过两站，也坚持看到完。可结果，却让我大失所望。他们所谓的用木槿花做菜，就是一口大锅，煮着排骨、玉米和莲藕，然后随随便便投了两枚花骨朵而已。

一直觉得，真正的吃花，必须像对待黄花菜一样，让花充任煎炒烹炸下油锅的主角，而不是当成若有若无的调味品。如果只作为调味品，花到底在味道上能做出多大的贡献，其实是不可证实、不可证伪的。况且，只要没有明显的毒性，哪一种花不可以这样投进菜锅呢？投了紫罗兰，你就说是紫罗兰排骨；投了木棉花，你又说是木棉花红烧肉。按这样的逻辑，几乎所有的菜都可以用盐来命名了，比如盐芦笋，盐鲤鱼，等等，盐一切。

在首尔生活的五年里，我从没听说过有人吃木槿花。因为知道木槿是韩国的国花，所以不禁替他们想了一想，如果拿国花来炖汤，心理上也许难免会有一点点的不敬感吧。在韩国，对看木槿，我倒是有很深的心得。在蚕室综合运动场对面，有奥林匹克公园，里边遍植木槿，整个夏天花朵缤纷。每周陪爱人去教会，我往往喜欢在这里漫步。

穿过成片的木槿林，公园深处有一座露天小剧场，每周都能看到一群人在里边演讲、喊口号，我是为数不多的忠实观众之一。初时不明白他们在干什么，慢慢才看出门道，原来，这些人的故乡都在半岛北部，他们现在的这个组织，相当于一个影子政府。因此，经常会有人以北方各道知事即省长的名义，上台演讲。我知道，他们的梦一定是统一，我就很想好奇地问一问，将来如果统一了，国花还会是木槿吗？

至于韩国人为什么选定木槿为国花，按官方解释，是说木槿花期长，性格坚韧，代表一种生生不息的精神，所以在韩语中被称为"无穷花"。可是，唐代诗人崔道融明明有诗："槿花不见夕，一日一回新。"就是说，木槿是朝开暮谢的，怎么还敢称"无穷"呢？事实上，无穷，指的是一棵树上，一朵接一朵，连续四五个月花开不败。它们好像事先商量妥了，排好队，绝不拥挤，绝不夹塞，按顺序次第开放。这个，与韩国人的前后辈文化倒极为神似，比较接近原教旨的集体主义精神吧。

法国作家贝尔纳·贝尔特朗所著《催情植物传奇》说，所有品类的木槿花都可以食用，且都具有助人产生爱欲的功效。因此，古埃及的法律规定，茶馆不准泡制木槿花茶。不过，这位贝尔纳先生的文字，历来夸张离奇，我一直都隐隐怀疑，他有编造史料的习惯，所以对于他的种种立论，我们不妨告诉自己要留个提防的心眼。

　　我知道，中国南方人是吃木槿花的。我家大哥曾在湖南怀化服役，他说曾在那里吃过酥炸木槿花。老家江西的画家朋友余欢说，九江有木槿炒鸡蛋。福建龙岩客家人吃的面花，就是稀面加葱花裹住木槿花下锅油煎。

　　当然，以上所有木槿花菜品，都是听过的人多，吃过的人少。因此，新闻里说，浙江林业科学研究院杨少宗博士搞了一个"花痴变吃花"的课题，专门研究什么品种的木槿花可吃、好吃，这是很令人兴奋的。只是不知道，他是否有机会推翻贝尔纳"所有木槿花都可以食用"的论断。不过，经过研究，杨博士已经取得一个有价值的成果，那就是不管哪种木槿花，经过干燥加工后，氨基酸含量都会减少一半以上，因此，他给出的建议是，一定要鲜食。

　　没有其他意思，就是在这里顺便提个醒，韩国历史上第一位遭弹劾下台的总统，名字用的是木槿的槿，而不是被不少人经常误写的锦绣前程的锦。

四叶菜与"倒垃圾"

　　我记得很清楚，小时候在老家西山深处采过一种四叶菜。可近来遍查各类资料，很多顶有"四叶菜"名头的，都不是我要找的那一种。无奈之下，又向老家的大哥求助，他在遥远的北方朗声大笑："四叶菜是土话说法，其实就是桔梗的秧子啊。"

　　我有点不敢相信，因为桔梗的叶子在茎上是一对一对伴生的，并没有四片叶子簇生在一起情况，那我们为啥要叫它四叶菜呢？有人辩解说，主要是因为它的花瓣是整整齐齐的四片。可是，这样一来就更不对了，花和叶怎么能混为一谈呢？当然，直接叫"四花菜"也不合适，容易被理解成它一生只开四朵花。

　　早年间，每到初春时节，经常能在老家的山上遇见成群的朝鲜族男女老少，他们扛着小铁锹，背着细麻袋，嘻嘻哈哈说着我们听不懂的话。听说他们当中有不少人是大老远从外乡赶来的，专门为了挖桔梗。那时候，我完全想不到，原来桔梗就是四叶菜的根。更完全想不到，我和桔梗的缘分不浅，这一生都没断了纠缠。

十九岁去延边读书，入学后听的第一场音乐会，有著名朝鲜族艺术家赵玉衡演唱，其中一首引爆全场的歌，我一下子就记住了名字，谐音"倒垃圾"，一般写作"道拉基"，意思就是"桔梗谣"。这应该是我无师自通学会的第一个朝鲜语词。从此，四年生活中，遍布延吉街角的各式小吃店是我们的家，清凉爽口的散啤酒是我们的粮食，暗香醇厚的明太鱼干儿是我们的荤食，生脆甘甜的桔梗就是我们的素菜，它们共同代表了那一段激情四射又荒唐颓废的青春。

等到后来去韩国，吃桔梗的机会就更多了。曾经有朋友约写美食专栏，让我比较延边桔梗与首尔桔梗的差别。其实我并没有发现它们有什么差别，但也得绞尽脑汁，从口感及味道等方面大加发挥，憋出大半页稿纸的内容。正得意扬扬呢，却有知情的韩国朋友轻松一句话就让我崩溃了：韩国的桔梗，都是从中国进口的。

还有喜爱韩餐的朋友问过我，凉拌桔梗表面的那一层红汁，是怎么涂上去的。其实非常简单，那就是细辣椒面兑米汤。关于桔梗的生脆，明代著名畅销书《本草纲目》早就给出过解释："此草之根结实而梗直。"注意，李时珍他老人家使用的，是一个温暖的拟人词语：梗直。

桔梗又名僧帽花，多见蓝色或紫色，偶尔有红花，生在山巅峭壁上，据说有幸见到的人，来生还会眷念今世的爱人。等一下，等一下，这个，并不是所有人都那么十分乐意的吧？因此，桔梗的花语，就是互相矛盾的双层含义：永恒的爱，或无望的爱。

在我的老家，朝鲜族春天挖桔梗，秋天则挖沙参。沙参也是桔梗科，但归沙参属，一般被称为山胡萝卜，这里的"卜"发重音，因此接近"山胡萝贝"。汉地把沙参当药材，还有南沙参、北沙参之分，而朝鲜族则视沙参为上等菜蔬，都舍不得用铁锅烹制，非用平底石头锅不可。其基本料理方法是，将沙参一剖两半，裹上大量红彤彤的辣椒面，重油，爆煎，其口感柔糯，与桔梗大为不同，因为沙参的根肉丝丝唦唦的，一点都不梗直。

看来至少在吉林通化地区，四叶菜果然是桔梗，《临江县志》载："四叶菜为本县特产，形如塔。"小小一棵四叶菜，朝鲜族人负责吃其根茎，汉族人负责吃其叶苗，这种建基于文化差异之上的深度合作，对于一种植物来说，不知算是赶尽杀绝式的残酷，还是物尽其用式的佳话。

韩版马蛇菜

常看韩剧的朋友会知道，普通韩国人家日常的一顿饭，就是每人一大碗汤，外加一桌面的各类小碟泡菜或拌菜，他们称之为"伴餐"。

我在韩国吃过一种伴餐，不是泡菜，而是绿叶多肉菜，长相与马蛇菜一模一样，细细的梗，碎碎的叶，淋些沙拉酱，入口微甜，全无酸味。当时就想，韩国的麻雀小如蝴蝶，韩国的蚕蛹瘦如斑蝥，连韩国的马蛇菜，居然也不酸。于是忍不住回忆起小时候吃马蛇菜的故事，捎带把这种不酸的马蛇菜表扬了一番。

后来朋友黄春杰告诉我，那不是马蛇菜，而是垂盆草。我仔细一查，还真是，马蛇菜属马齿科，而垂盆草则属景天科。看起来，我当时是表错情了。

生活中，往往一首歌就能代表一段独特的经历，比如听周传雄的《黄昏》，我会恍惚回到长春《巷报》的采编平台，正挥汗写稿，浑然忘我；听弦子的《醉清风》，则会让我重新体会在首尔大学留学生宿舍里写《我的朋友孔丘》时的清寂心境。菜也一样，比如现在见到垂盆草，我就会很自然地想起为《目录》杂志工作的美好点滴。

这本杂志是韩国文学院主办的，我应邀担任中文版编辑，负汉语的最后责任。办这本杂志的目的，是向中国大陆各类出版机构推介韩国作家作品。由此我知道了，用另类笔法解读李舜臣将军的作家金薰，是习惯用铅笔写作的；而韩国获诺贝尔文学奖呼声最高的，不是李文烈、孔泳枝等当红作家，是文学圈之外知名度并不高的诗人高银。

有谁读过韩国作家金爱烂的作品吗？我和她间接打过交道。《目录》编发她的文章时，我发现，繁体字的"爛"很好看，能让人想到美丽的花，可简体字的"烂"就不行了。第一眼看"烂"，你绝不会联想到"灿烂"，而是会马上想到腐烂。不信你试试看。因此，我建议她的中文名改为"金爱兰"。编辑长把我的想法转达给了她，但她毫不动摇地回应说，这是父母给起的汉字名，不管怎样，就用"烂"了。好吧，她自己爱烂，那只好任由她烂喽。

《目录》杂志编辑长金仙惠，是一位美丽温和的女性。她并不懂中文，但我们合作得非常好。有时稿件行文至某一处，会显得别扭，她就能凭一个老编辑的直觉发出疑问。好多次，一份清样打两份，我和她分别看，我们居然挑出了相同的错。这种会心感与默契感，的确会带来只有专业人士才能理解的秘密快乐。

工作午餐时，我们常去弘益大学地铁站附近的一家辣烧鲭鱼馆。就是在那里，我发现，金编辑长非常喜欢垂盆草。每次热腾腾的辣鱼上了桌，她都会请店家再加一盘垂盆草。看她一筷头接一筷头地吃，我们禁不住有样学样。你别说，垂盆草入口，汁水丰沛，与红彤彤的辣鱼还真是绝配。

回北京以后，我也一直为《目录》杂志工作。每三个月，专程去一趟韩国，用三五天时间完成后期制作。最后一次，我犯了一个大错，把时间记混了，结果没能和金编辑长并肩看稿，只好用远程方式结束了终审。因此，那一期的编校质量不可能如意。随即传来消息，说杂志停办了。我不知道是真停办了，还是他们用这种体面的方式解雇了我。不管怎样，时常在书店或图书馆里遇到韩国文学作品，看着那些作家的名字，我总会无比怀念《目录》杂志，感念美丽的编辑长，并惦念垂盆草独特的滋味。

垂盆草在韩国是日常菜品，消耗量极大，应该不会全部采自野生。从首尔去板门店南北军事分界线即"三八线"参观，路过汉江口湿地保护区，称职的导游会告诉你，这里有一种大邱垂盆草，是韩国独生品种，禁止采摘，与白枕鹤及红爪无齿螳臂蟹一样，受到法律的严格保护。

青梅竹马偷苏子

有一天买了一小捆紫苏，洗净剁进排骨汤，不一会儿爱人循味找到厨房，掀开砂锅盖，闻了闻，然后严正宣布，她不会吃这个的。我没理她。本来也没打算给她吃，我只是想用一次实践来确凿地证明，这个紫苏，绝不是我们在韩国经常吃的苏子叶。

上海作家老波头研究美食功力深湛，他也指出过，紫苏的叶片，向阳面绿，背阴面紫；而两面都绿的，是另一个品种，叫"青紫苏"。青紫苏，也就是我所说的苏子。但如果由我说了算，我宁愿叫它"青苏"，因为苏子叶与"紫"，根本没有半点关系。

你不知道韩国人有多依赖苏子叶。包烤肉，包米饭，包生鱼片，从来离不开它。韩剧迷一定会注意到，韩国人吃东西，常常喜欢一大口，拌饭是一大口，烤肉是一大口，生鱼片也是一大口。而说到烤肉打包，一般多用生菜，可韩国生菜个头超大，包一片肉太浪费，包两片肉显得贪吃，撕开一半用又嫌费事，所以，苏子叶不大不小，尺寸正适合一大口。那么韩国人为什么这么喜欢一大口？作家受俏分析说："让所有的东西在你嘴里齐齐爆开，汁溢满口，才够香，才够会吃。"有心得，有道理。

西汉辞赋家枚乘仅存的一篇作品《七发》中有这样的内容："鲜鲤之脍，秋黄之苏。"就是说，吃生鱼片，要配苏子叶，这是源自古代的食法。而这种食法，在大陆早已失传，仅存于韩国。所谓"礼失求诸野"，这是又一个生动的例证。但是，宋末元初养生学家李鹏飞所著《三元延寿书》却说，苏子叶与鲤鱼同食，会生毒疮，这明显是未经事实验证的讹传与谬说。

美食作家老波头说，紫苏归类唇形花科，薰衣草、罗勒、迷迭香，都属于这一科，其共同点是含精油，具特别香气。又据说，紫苏之名，是华佗他老人家亲自起的。按传统饮食理念，鱼蟹湿寒，紫苏辛温，正好相克相生。同时，其香气又辟腥，因此，在粤港买蟹，店家会搭送一叠紫苏干叶，用以陪蟹上蒸笼。而在江浙地区，则一向用姜丝来驱蟹的寒气。说湖南人最懂欣赏紫苏，炒黄鳝，绝不可缺少此味。还有，我做的紫苏排骨汤，并不是乱来的，后来发现，这是一款名汤，正式名称为"新加坡肉骨茶"。

汉人吃紫苏，但不吃苏子叶。在我们东北，朝鲜族一向生吃苏子叶，同时还用苏子叶腌泡菜。那么汉人吃什么呢，主要吃苏子的籽。苏子籽最广泛的用途，是包黏糕饼。用雪白的糯米湿粉做皮，用炒熟碾碎的苏子籽做馅，上油锅烙熟，咬一口，能把人香出犯罪感来：这种人间至味，咱们有资格品尝吗？

年幼时，逢初秋时节，我会和东院邻居家的二丫，一起去生产队的地里偷苏子。也不能算真正的偷，两个五六岁的娃娃，公然站在田间，端着小簸箕，一串一串撸苏子籽，有人路过，也只是笑笑，没人对我们凶过。回到家，我们用小手使劲搓，让褐色的籽粒从那一层好看的包衣里脱出来，再用簸箕筛掉碎屑，就可以大把大把吃苏子籽了。那是一种细碎的油香，并伴有轻微的迷幻感。

　　这种苏子香，是我对于青梅竹马的最后记忆。随后读小学读初中读高中，男生与女生就互相不说话了。像我和二丫，不管是在宽宽的马路上还是在窄窄的田埂上迎面相遇，都会假装不认识的，就好像我们一起偷苏子的事，从来没有发生过。

陪韩国农民吃冰菜

韩国饮食单调。这是事实陈述，不涉及任何歧视。但即便如此，一般韩国人对于中国菜的丰富与多样，也并没有表现出特别强烈的羡慕之意。这还是事实陈述，不涉及任何挑拨离间。文化不同，饮食习惯相异，谁也没办法强求谁，非得喜欢自家菜不可，这同样也是一种事实。

我亲身经历过，中国朋友到了韩国，哪怕是吃烤肉大餐，也会当桌发出不客气的疑问：就只有这么一道菜吗？而韩国朋友到了中国，面对一桌十数盘的鸡鸭鱼肉，则会小心翼翼又诚心诚意地请教我：以哪道菜为主吃，才算是对的呢？因此，我的另一次亲身经历，就是面对一道足以令人吃惊的菜品，韩国朋友却无动于衷，尽管我会略感失落，但其实已见怪不怪。

香港一家妇女类民间组织，在深圳办论坛，请来的主要嘉宾，是韩国全罗北道一群农民大叔。这种组合，有点梦幻超现实是吧？深圳就是这样的，随时都可能发生人间奇迹。活动结束，主办方为表达对外国客人的热情，晚宴搞得超级盛大。前菜上桌，有一盘形似肉质辣椒秧的全绿鲜蔬，我从来没见过，马上询问服务员，她说是冰菜。我夹起一株来顺进嘴，你别说，还真像是嚼着冰晶，却丝毫不凉。再夹起一株仔细观察，原来，在菜梗与菜叶上，密布大量泡球，里面明显充满了液体，你一咬，泡球碎裂，自然有了一种嚼冰的错觉。

这个菜，太神奇太好玩了！我抬头看本桌的韩国大叔，再扭头看邻桌的韩国大叔，他们把冰菜送进嘴里之后，都表现得十分淡定，一副天下美食全然不在话下的样子。其实我知道，这么奇怪的菜，连我这种走过南闯过北的浪荡之人都第一次尝，他们没见过没吃过，是很正常的。当时就想对他们说：像我一样表现出一点惊奇来并没有什么丢脸的好不好！

当然也可能是我想多了，因为晚宴开始不久，现场就陷入了一片闹腾。一半韩国大叔左手端杯右手持瓶，挨个桌敬酒，用大多数人听不懂的韩国语推销自家的苹果或大米；另一半韩国大叔则两眼放光像雷达一样四下扫描，一旦哪个桌空闲下来，他们就迅速起身拎着酒杯酒瓶顶上。因此，根本就没见谁好好吃饭。

这就给我留出了细细品尝冰菜的机会。我发现，它们只在你开始咀嚼时冰你一下，之后就完全没有嚼头，也没有什么味道了，会让你感觉微微懈口。但随后我想，也许是我同时吃的东西太杂，所以它们的本味被掩盖掉了。于是我用白水细细漱口，之后重吃了一棵，不蘸辣根和酱油。这时，我有了一个重大发现，这个家伙，居然是自带咸味的！

后来翻查资料才知道，冰菜学名冰叶日中花，原产非洲，因为主要野生于盐碱荒滩，所以练就了体内存盐的本领，算是一种以毒攻毒的生存策略。不过如今，它们已被移植到熟地上人工栽培，如果再想按老习惯吸收盐分的话，应该反而会很辛苦吧。

　　尝过冰菜之后，一直念念难忘。再逛超市，我就特别留意了。有一天，还真让我遇上了，二话不说，拣了一把放进购物筐。看标价，一公斤三十三元，算相当贵了。埋单时，收银员问我：这个菜怎么吃啊？看吧，卖菜的要问买菜的怎么吃，足见冰菜对普通人来说有多陌生。旁边一位阿姨抢话说：可以用蒜茸炒。我马上郑重回应：绝对不可以，只能生吃！冰菜冰菜，一炒就变成水了。身后一位小伙听我说只能生吃，立即现出一脸吃惊的表情。你也知道的，广东人吃蛇吃果子狸眼睛都不眨，可对于生吃蔬菜，则一向是十分谨慎小心的。

第六辑

宝岛尝鲜

淡水河边遇罗勒

我们之所以抵达台湾第二天就直奔淡水，是因为女儿犯了一个小错误。她在韩国读书，做旅游攻略时主要参考了韩国网站。她发现，很多韩国人赴台湾自由行，都是先到淡水老街吃古早味蛋糕，再去动画片《千与千寻》取景地看红灯笼。而关于那个取景地，女儿只知道韩国语名字，不知道中文怎么说。

当时我一偷懒就大意了，心里想的是，反正在台湾，语言也没障碍，去了淡水再问呗。于是我们起大早，坐红线捷运到淡水，在站内服务台，我问工作人员："这里有一个可以看红灯笼的地方，叫什么名字呢？"工作人员想不出来，返身和同事商量了一会儿，告诉我："可能是淡江大学，那里的路灯是红色的。"这时女儿上前插话说："我们要去的地方，就是动画片《千与千寻》的取景地。"

工作人员马上笑了，说："那是九份，在台湾东北角呢，离这里好远的。你们应该坐捷运到台北火车站，再换乘长途汽车。"我也马上笑了，说："我们就是刚刚从台北火车站过来的。"而且，我犯不着跟她讲的是，我们根本就住在台北火车站斜对面不足百米远的南阳街。

既来之，则安之。逛淡水，也不错。说实话，此前在很长一段时间里，我一直以为台湾有四大城市呢，台北和高雄之外，还有淡水和基隆。这主要是受小时候看的小人书影响，说基隆人民和淡水人民曾经与美帝国主义展开艰苦卓绝的斗争。哪知道，当年让我们牵肠挂肚的淡水，不过是台北边上的一座码头小镇。

我设计了两条线路可走，一条是沿淡水河到入海口，然后折返回来逛淡水老街。另一条是直接去老街，玩够之后再捎带看一眼淡水河。结果，爱人和女儿选了第二条，但调整了一下顺序，要先去看一眼著名的淡水河。

在河边一家小吃店前，我被大字招牌上"烤花枝"三个字吸引住了。花枝，这么美的名字，会是什么呢？看餐台上摆的样品，像章鱼，又像墨鱼，也像鱿鱼。我想与爱人和女儿打赌，可她们根本不理我，直接就问了店员。店员说，是墨鱼，也就是平常所说的乌贼。章鱼只有八条腿，乌贼却有十条，展开来，就像花的枝条一样。那位精瘦干练的店员说话不耽误干活，一通烤、剪、拌，不长时间，一大杯新鲜热辣的烤花枝，就端在了我们手上。

其实在我吃来，墨鱼、鱿鱼和章鱼，都是海鲜，味道差不太多，如果不特意说明，大多数时候吃不出什么分别。这正如可口可乐与百事可乐，倒在杯里，你同样喝不出分别。甚至有人做过实验，蒙上眼睛之后，很多人连可乐和雪碧也是分辨不出来的。

但女儿和我抢吃盖在花枝上头的一团绿叶菜，这引起了我的注意。这种菜味道怪怪的，很陌生。像茴香，但绝对不是茴香；像薄荷，又肯定不是薄荷；也不是香菜，也不是芹菜。我仔细品咂了半晌，却完全不得要领。

说话间，我们已经来到淡水老街，在国民党淡水党部低矮老旧的小楼旁，我决定返回去，请教一下店员。我知道，如果对这种好奇不加理睬，我的强迫症说不定什么时候就会发作，未来三五年里想起这个未解之谜，都会无比纠结。

结果证明，我做了一件非常正确的事，店员告诉我，那是九层塔，大名叫罗勒。

罗勒！几乎在每一本介绍植物的书上，我都会遇上它，却从来没有机会见到实物。偶尔也想向周围的朋友求教，但只要说出罗勒两个字，他们大部分都是一脸的懵懂。本来以为，这一辈子可能都将与罗勒无缘了，没想到，居然在淡水河边与它不期而遇。一种强烈的幸运感，让我在心里认定：只冲这一点，台湾之行就已经值了。

罗勒原产印度，因此我们对它陌生并不奇怪。法国作家贝尔纳·贝尔特朗在《催情植物传奇》中说，印度人视罗勒为神草，种于神庙外。祭祀时，将它们整棵供奉在大神毗湿奴的神坛上。而且，印度人在法庭发誓时，是以罗勒为凭的，相当于美国总统宣誓时按在手心下面的圣经。

贝尔特朗还说，法国人有个习俗，将罗勒嫩芽、芹菜根、孜然油以及人的汗液放入烈性酒中，浸泡得越久越好，待结识女友时，可以给她喝上几口。然后呢？贝尔特朗没有明说会怎样，反正他含含混混的语气，听起来有一股犯罪气息。但我对他的偏方是充满疑惑的，把这几样怪东西泡进酒里，哪个味觉正常的人肯喝呢？况且，汗液怎么收集？是自己的，还是别人的？

我有一种感觉，就是罗勒这个名字，听起来不像植物，更像外国人名，而且还是特种职业者，比如考古学家，或人类学家。罗勒得名"九层塔"，是因为它的花盘旋在茎上，呈多层宝塔状。罗勒的英文名为"圣约瑟夫草"，希腊语名为"国王"。而在圣经中，耶稣复活时，墓穴旁就长满了罗勒。斯拉夫地区东正教用的圣水，也是用罗勒调制的。

罗勒还有一个名字叫"零陵香"，我一直没能查到其中有什么讲究。零陵，是湖南永州的古称，这个名字可不是随便用的。传说，舜帝禅让后，也搞了一次南巡，不幸在途中归天，于是葬在永州地界。对于舜帝这种人文始祖来说，称"第一陵"都有点不够分量，不足以表达其原初性，因此，他的陵墓最终定名"零陵"。罗勒与舜帝，或者罗勒与永州，会有什么直接或间接的关系呢？

按说，既然罗勒不是台湾原产，那么似乎就不该成为野菜。但植物从来不像我们想象的那么乖，它们拥有一个超强的本领，就是逃逸。只要逮住机会，它们就从花园中，从菜园中，随着风，或随着鸟兽的粪便，散落到山间田畔，回归野生状态。

从淡水乘捷运返台北，我们直接在忠孝敦化站下车，去了著名的诚品书店。就是在那里，我买下了一本《野有蔓草》，作者为台北作家方梓。果然，书中又写到了罗勒。方梓说，与薄荷不同，罗勒招虫，尤其招一种蛞蝓，也就是鼻涕虫，样子很像没有壳的蜗牛，浑身黏液，爬到哪里就粘到哪里。对付蛞蝓，有意外的奇招，在罗勒根部绑上铜片，蛞蝓就会望而却步，据说是因为它的黏液与铜会发生化学反应。

在九份吃山苏

　　台湾的九份作为地名，当然是怪的。据说，原本此间，只九户人家，山高路陡，购日用杂货困难。因此不管谁家有人下山，也不管买的是什么，都会跟店主讲："一样来九份。"时间一久，大家习惯了，提到山上村子，自然会说：啊，就是九份那个地方。

　　中日甲午战争前的一八九三年，九份发现金矿，一度十分繁荣。至一九七一年，矿源枯竭，九份向特色旅游艰难转型。而真正成名，则要等到侯孝贤在此拍摄威尼斯金狮奖影片《悲情城市》。后宫崎骏的《千与千寻》锦上添花，也跑这里来取景，九份遂成为日韩游客赴台必访之地。

　　公交车盘山爬上九份并不难，难的是车里人左摇一下、右晃一下比较辛苦，于是恍然觉悟：已经很久没有这样忍受盘山路了，因为遇山打洞，早已成为大陆公路建设的第一选择。不过，九份在山顶，想打洞也完全没有用。

　　如果不是女儿坚持，我们不会来九份。因为对于这种所谓古村落，我已经有心理提防。比如说广东韶关珠玑巷，据说是客家人投奔岭南的第一落脚点，文化意味很古，可是，看整个村子各个角落的破败与腌臜，你的眼睛会不知所措，完全不晓得到底该看向哪里。

女儿之所以坚持来九份，是因为她特别喜欢《千与千寻》。说实话，这部动画片，我只看了开头，千寻的爸爸妈妈放着好好的路不走，非要闯进一个奇怪的城堡，到这里，我就生气了，坚决地认定，故事的发展动机不足，不看了！对此，女儿表示同情的理解，但她还是鼓励我说：咬牙挺过五分钟，后面的故事值得一看。

下车几步路，就是九份著名的基山老街，曲里拐弯一眼望不到尽头，两侧高低错落的旧屋，很像深圳城中村里的握手楼。一家挨一家的店铺，以各类吃食为主。我注意到，每家店的门楣上都挂有红灯笼，可是呢，整条窄街上头分段搭有各色顶棚，即使红灯笼亮起来，在这条街之外，也不可能看得见。难道说，这就是《千与千寻》的取景点吗？我忍不住一次又一次向女儿求证。饶是女儿修养好，但眼底也有小火苗在飘动了，于是我识趣地转移注意力，开始全副心思挖掘吃食。

一挖掘就有收获。我们吃了释迦，又吃了莲雾，其甘甜鲜香，无以言表。相比之下，在深圳吃的释迦，还不如糠心的萝卜；在深圳吃的莲雾，味道寡淡，根本就没熟！"香蕉你个芭乐"，这是一句骂人话吧？可熟透的芭乐，居然好吃到醉人的程度，不到台湾，我根本就无从体会。

但是，眼看天黑下来了，期待中的九份美景，到底在哪里呢？女儿有信心有决心，说找一个最高处，肯定能看到全景。

对此，我表示同意，并大力支持。我们一直走到九份国民小学，这里已是视野中的最高点了，可放眼望出去，还是只见乌压压的屋顶，看不到任何一盏灯笼。

我们假装没失望，努力地说说笑笑，沿原路往回走。在一家烤肉店旁边，我发现不少人拐向了一条刚刚被我们忽略的岔路，那是一道宽仅容两人的下行台阶。我们也没有多想，不经意地跟着人流走下去，突然一抬头，眼前不足百米处，像山谷一样的深街上，挂满了成串的红灯笼，近看温暖，远看朦胧，九份的主景区，终于被我们发现了。

女儿回头看了我们一眼，里边有瞪，更多的是得意。

就这么一条长台阶，竟然也有个名字，叫竖崎道，看起来像日本人留下来的。越往下走人越多，阶梯陡峭，好像一抬脚，就能踩到前边人的头顶。前行右手，一座高檐宽廊的日式建筑上，有大红的招牌"阿妹茶楼"，门口则贴有大幅淡色海报，提示着这里就是侯孝贤《悲情城市》的拍摄地。

阿妹茶楼知名度高，客人多，排长队，我们决定不凑热闹，拐进了旁边一家小店。看来这家的主人很会讨巧打擦边球，店名直接叫"悲情城市"。在老板娘热情招呼下，我们在阳台上坐定，发现左边一桌是两个日本人，右边一桌是三个韩国人。咿里哇啦的日语、韩语，倒也与九份异国情调的迷离夜色相配相合。我知道，大陆游客一般都去了日月潭和阿里山。"阿里山的姑娘美如水呀，阿里山的少年壮如山。"邓丽君的曼妙唱词，可比《千与千寻》有吸引力多了。

等菜的空当，往旁边看，竖崎道人潮涌动，阿妹茶楼门旁的大红灯笼上，有一句凝练的广告语："越夜越美丽。"往下看，升平戏院广场上人挨人人挤人，对面一家四五层高的酒楼里，有人隔窗举起相机向我们瞄准，闪光灯一亮，我们才举起剪刀手，好像没能配合好。诗里说，你站在桥上看风景，看风景的人在窗前看你。现在，我已经弄不清我们到底是在桥上，还是在窗前了。

就在这美丽的红灯笼下，我们吃到了台湾著名的野菜山苏。初看起来，山苏像油麦菜掐头去尾的中段，翠绿温顺。等到入口，你才会发现，它们的确是蕨类，微微苦，但清新爽滑，略像海白菜。据自称闽南人的老板娘介绍，山苏是台湾独产，叶片有波浪形外缘，向上斜举，排列紧密，像一只鸟巢，所以又叫鸟巢蕨。

山苏之外，我还兴致勃勃地点了一盘干煎虱目鱼。这也是我一直想吃的，因为它的名字很奇特，字面理解，是长有虱子眼睛的鱼，可虱子天生盲，根本没眼睛啊。据说，此名得于郑成功，当年从荷兰人手中收复台湾后，郑兵缺粮，以此鱼补充给养。郑成功不识此鱼，自言自语"什么鱼"，结果旁边人以为他说的是鱼名，遂以闽南语取音"什么鱼"，就成了"虱目鱼"。后来看新闻里说，就因为这个"虱"字，此鱼从台湾入大陆，销路不畅。

哑然失笑中，九份的夜色更浓，灯笼也更红了。

吃饱喝足，恋恋不舍，告别九份，夜行回台北。在宾馆里，我终于克服了开头五分钟的不适与不耐，把《千与千寻》完整看完了。故事不错，画面也精美，只是我心里存了一个小小疑问，没敢跟女儿说：为什么我并没有发现电影里哪一处景物与九份相像呢？

不要劝我不要去士林夜市

　　曾经向一些有经验的朋友讨教，台北有什么特别好玩的去处。不少人说，千万不要去士林夜市，大，乱，没特色。我嘴上诺诺，心里却不想听他们的。对此，我有过教训。比如在韩国釜山，听人说海云台徒有虚名，于是就只去了太宗台。结果，后来看电影《海云台》，完全体会不到一点熟悉感和会心感，后悔极了。因此，我现在相信，一地最著名的景点，自有其最著名的理由，不可强求回避免俗；回避本身，反而恰恰是一种俗。到台北，逛夜市，士林当然是首选，不管谁说什么，都不可能让我改主意。

　　由台北火车站出发，乘红线捷运，淡水方向，剑潭站下车，一号出口，根本不需要问路，只要跟着人流走，不知不觉就会置身熙熙攘攘的夜市街头。爱人相中的第一份小吃是烤蛋糕，尽管其味道有点像我小时候在老家吃的槽子糕，也算一种"古早味"，但她还是遭到了我和女儿的一致嘲笑。大老远跑台湾来，你吃蛋糕，怎么对得起机票钱呢？至少，也要吃一份烤鸟蛋嘛，看着慈眉善目的老奶奶把鹌鹑蛋一个一个敲破，倒进小小的模具里，一两分钟就烤好了，五个一串，二十元新台币，又好吃又好玩。

而我和女儿，则毫不犹豫地选择了猪血糕，肥厚结实的一大块，咬一口，有一股冲鼻的浓香。你也知道，这种血类制品，在大陆是不太敢吃的，那么到了台湾，怎么可能不大快朵颐呢？可是，女儿尝过两口之后，就不再碰了，说不够辣，有点腻。但我发觉，可能是在韩国生活时间太长了，这孩子的口味越来越清淡。于是不由得在心底暗自感叹，父女俩结伙躲过她妈妈的监视蹲在路边吃烤毛蛋的时代一去不复返喽。

逛夜市，有时也可以看性格。像我的毛病就是，总有一种把每个角落都走遍的冲动。心里明知这不可能，可就是有一种隐隐的不甘挥之不去。因此，在我的坚决主张下，我们离开主街，拐上了一条小路，然后走过三五个小吃摊后，发现了我今天的最爱，是面线。面线不是米线，它细如发丝，轻柔无骨，若有若无，配上海蛎子和瘦肉丝，味道实在是不能更美好了。与摊主攀谈一番后得知，这种面线实际上还是拉面，只不过拉得太细了，每根面条直径不足半毫米。可是，我的预感又一次得到证实：女儿不喜欢。她看了看我碗里的一团混沌之后说，像煮漏了的饺子汤。看在她描绘得如此精准形象的份上，我批准她可以不吃。

可是，刚放下面线碗，爱人又要吃一种常规食品，烤牛肉粒。对此，我和女儿无奈宣布，不再试图阻止她了。烤牛肉闻起来还真是香，难怪肉类会占据味觉的霸主地位。不过，经我观察，发现了一个问题，摆在档口做样品的，是正宗雪花牛肉，鲜红之上的片片银白，相当诱人，可摊主给我们烤的，却是他从灶台下另掏出来的一块肉，一片雪花都看不到。我倒并没有说摊主在造假，挂羊头卖狗肉是天下生意的通则，对此我也能理解，只是，摊主一直皱着眉，对顾客显得不耐烦，来台湾这些天里，这样的摊主我们还是头一回遇见。我摇摇头独自走开，信步探索另一条更窄的小路，一抬头，看见了"士林夜市美食区"几个大字，这里，才是正宗夜市的入口，即所谓的"蓝顶大棚"。

　　拉着爱人和女儿在美食区地下街的大排档坐定后，我点的第一份菜是蚵仔煎。这是来台湾前我就打定主意要吃的。不过，听朋友说过，蚵仔煎并非台湾独有，其发源地在福建，是闽南第一家常菜。直到今天，在漳州和泉州一些地区，新娘子进门第一次给公婆做饭，也还必须有这道菜。而且，蚵仔两个字，在闽南语中读"袄阿"。可惜因为蚵仔煎太美味，我忘了向老板求证，在台湾蚵仔怎么说。当然，蚵仔并非奇物，就是广东人特别爱吃的生蚝。表面上看，老板端上来的这一盘子，像是加了巨量大葱、香菜和胡萝卜的鸡蛋饼，却又没有鸡蛋饼那么实，虚虚浮浮间，有生蚝半遮半掩藏身其中。吃一口之后又发现，包裹生蚝的，除了鸡蛋，还有一种粉，要么是土豆粉，要么是地瓜粉，但肯定不是面粉。

　　至于第二份，我下决心一定要选野菜。在密密麻麻的菜单上，一眼发现了山茼蒿。就是它了。我听说过，日本人特别喜欢山茼蒿，早年间曾用飞机在苏杭一带山野间播撒种子，所以山茼蒿又名"飞机草"。所谓侵略，就这样随心所欲，连野生的物种都可以跟着沾光。山茼蒿的长相和家养茼蒿不一样，叶片宽大，边缘有不规则的锯齿，靠近叶脉处则呈羽状裂，更像冬葵，即冬苋菜。说话间凉拌山茼蒿上桌，我拣几片入口仔细品味，与我的期待不同，其香气似乎并不比家养茼蒿更为浓烈。因此，本来我打算说句玩笑话，也就没有说：茼蒿在南方被称为"皇帝菜"，那么山茼蒿就应该被称为"太上皇菜"了。

主食，我们选了大饼包小饼，是用一张比山东煎饼略小的面饼打底，放上一种油炸小饼，压碎，撒上芋头粉，然后两头一折，就成了。味道没有什么特别，工艺确实有特色。而且，名字也噱头十足。茶足饭饱，我们重回地面，在依然拥挤的夜市街头，又发现了一种大肠包小肠。这是台湾名品，因此排队的人相当多。对于排队，我和爱人都有强烈的畏难情绪，女儿却跃跃欲试，在她看来，就这样和大家挤在一处，才是逛夜市的真乐趣。我知道，在这个问题上，她的心态要比我和爱人平和自在，这一点，挺让我们欣慰的。

在宜兰尝水莲

詹女士在台北南阳街恺撒大饭店门前接到我们之后有点犯难。抵台北三天，我们已经看过故宫的毛公鼎、宗周钟和著名的玉白菜，也观摩过凯达格兰大道深处的游行示威队伍，并逛过诚品书店，吃过士林夜市，还曾漫步过中正纪念堂宽阔的大广场，顺便在大安森林公园里喂过野鸽，于是詹女士就不知道还有什么地方值得领我们去。

经过一番左思右想，詹女士决定，离开台北去外县。她推荐宜兰的兰阳博物馆。别具特色不用说了，关键是一般大陆游客很少到访。"回去以后，聊起台湾，总该去几个别人没去过的地方吧？"她这样一说，马上就把我们打动了。在路上，我忍不住要问，一般来说，山之南或者河之北为阳，那么兰阳这个地方，是有兰山还是有兰河呢？詹女士笑笑说：既没有山，也没有河。

由台北向东，穿过全台湾最长的雪山隧道，眼前就是地势低缓的宜兰平原。坐落在兰阳湖畔的兰阳博物馆，是一座主体倾斜的建筑，远看，仿佛平地长出的一块大石头。这也就是担当建筑师姚仁喜所追求的效果。据说，他的设计灵感，源于宜兰常见的"单面山"。所谓单面山，也叫半屏山，即一面是漫长的缓坡，另一面则是突然的断崖。因此，这座博物馆的造型，以其新奇特而获得无数大小奖项。也是，设计师不追求新奇特，凭什么成名呢？

但说实话，兰阳博物馆的造型设计是国际水准，布展能力也是国际水准，具体内容则不可避免地局限于县级水平。常展主要介绍泰雅人的生活与历史。他们黥面，就是在脸上刺字；他们种水稻，因此博物馆在二楼地面上，专门辟出了一块长满作物的稻田。各式的农具以及大大小小的鱼骨之外，我没有发现什么镇馆之宝，因此感觉这里就像是给宜兰中小学生开设的一处县情教育基地。

詹女士兴致勃勃地领我们绕过兰阳湖，到对面的黑潮书店楼上拍摄博物馆远景。其实，我们早已偷偷发现了旁边有一家海鲜店，马上坐下美餐一顿，才是我们最强烈的渴盼。于是进得店来，我们首先叫了一份味噌鱼汤，服务员明确告知：你们吃的，不一定是什么鱼的汤，要看上一拨客人点了哪种生鱼片，剩下的骨头，才给你们做汤。对此，我一点意见都没有，因为我已经在菜单上发现，这里有我一直想吃的水莲。

水莲很古，又名莼菜，也就是《诗经》当中的茆。宋代陆游有诗："店家菰饭香初熟，市担莼丝滑欲流。"莼是一种睡莲尚未露出水面的嫩茎叶。我们都知道，吃莲藕没问题，吃莲子也没问题，可是吃莲叶，毕竟难以想象。据说，莼菜不同于一般睡莲，它的叶片背面会分泌一种黏液，富含蛋白质，因此可食。

作为浙菜的看家宝贝，杭州西湖莼菜汤向以鲜美闻名于世，尤其是百年老店楼外楼的出品，更令章太炎、鲁迅、郁达夫等一干文人雅士赞不绝口。对此，萧山人可能心里有委屈，有不服。诗人胡玉藻《得树轩诗存》有云："萧山有湘湖，生莼丝甚美。"这个湘湖，是西湖的姐妹湖，风景优美，却向来被忽略，实际上她也很有历史，曾经出土了世界上最早的独木舟，而且是"少小离家老大回"贺知章的故里。更重要的是，莼菜对水质要求苛刻，而幽远湘湖之水的洁净清冽，自然远在喧闹熙攘的西湖之上。

据作家方梓介绍，台湾人吃莼菜的习惯，与客家人入台的历史有关。算起来已是两百多年前了，他们与早来的闽南人争夺土地屡屡失败，只好落脚于闽南人看不上眼的湿地水边，一边吃着救命的莼菜，一边像莼菜一样在穷壤上狠狠地扎下根来。

来台湾前，就有朋友说，曾在台北一家饭店的菜单上发现，"素炒水莲"的英文翻译是这样一小段话："在谷歌上没有查到，但它确实很美味。"幽默够幽默，但这个应该是专门骗老外的，因为现在摆在我面前的这一盘素炒水莲，真的没有什么特别味道。如果你不信，可以查找所有写水莲的文字，不会有一个人敢说它有味道。吃水莲，一向不重味道，而是以口感取胜，最为讲究的，就是陆游在诗中写到的那一个字：滑。对此，宋代另一位诗人辛弃疾也表示同意："谁怜故乡梦，千里莼羹滑。"

关于莼菜，有一个不太常用的成语：莼羹鲈脍。这并不是要把莼菜和鲈鱼放到一起炖，这是一个典故，说晋朝大司马张翰做官日久，心生腻烦，见秋风起，不由得格外想念江南的莼菜鲜羹和生片鲈鱼，于是对自己说："人生贵得适意尔，何能羁宦数千里以要名爵乎？"于是，马上收拾行李，辞官南下，回老家吃莼菜去了。莼羹鲈脍，就此成为辞官归乡的代用语。

在饭桌上，詹女士也同意，莼菜没有味道，不过她替莼菜辩护说：正因为它自己没有味道，所以才好入味。这样说，很有道理，也很善解人意，与詹女士的性情高度相合。詹女士曾经作为义工，赴广州参与"爱奇儿"自闭症儿童家长心理干预活动，我的爱人作为心理咨询师，也参加了那一次活动，她们因此而结缘。得知我们在台湾过春节，詹女士非常高兴，表示一定要给我们当导游。她的热情，让我们无比暖心，有一种"在宝岛咱也有人"的踏实感。

在左营品香茅

由台北赴垦丁，乘高铁过桃园、新竹、苗栗、台中、彰化、云林、嘉义、台南，抵高雄后，将在左营换乘长途大巴。罗列以上地名，我是想指出，只一上午时间，就可以把台湾本岛绝大部分县市路过一遍了。台湾之小如此。考虑到回程要走东海岸的台东与花莲，那么此次台岛之行，我们唯一没有去过的，也就只剩南投一县了。

在高铁列车上，我们一直犹豫，要不要在高雄停留一晚。有朋友强烈推荐说，高雄的中山大学和太子湾值得一看。而且，作为传统意义上的台湾第二城，高雄的地位相当于上海，如果就这么与它擦肩而过，未免会有些许遗憾。但走出左营高铁站，四下打量一圈之后，我们停留的念头消失了。在我看来，作为高雄的一个区，左营的中转站特征太过明显了，热闹的地方，人们都行色匆匆；离开车站两个街口，就已经冷冷清清，空寂无人。爱人的理由则简单得多：这里的建筑太平庸。

但是日影正高，饥肠辘辘，在左营吃一顿午饭，我们都是很乐意的。沿着正对高铁站的一条街走上不到两百米，女儿看中了一家柠檬香茅火锅店。因为已经错过了饭点，所以店内客人不多。桌面宽阔，洁净雅致，我们很喜欢。一人一锅，羊肉配菜，更让我眼前一亮的，是老板娘端上来的小碟蘸料，那种艳绿，看上去比辣根更为纯正。这个是什么呢？我刚问出半句，女儿用手一指店名，我马上明白了，当然是香茅。

用筷子头小心沾了一点香茅入口，那种青草的香味并不陌生，于是我想起来了，在深圳吃泰国菜时，曾经见识过香茅。东南亚一带，几乎任何一款菜都会加香茅，就像我们的菜里少不得葱花一样。而且，印度人最爱的咖喱，并不是单一的香料，而是多种辛辣物的组合，类似于我们的十三香，其中最重要的一味，就是香茅。

广东诗人黄礼孩的故乡，在大陆最南端的雷州半岛，那里出产香茅，因此他有这样的浪漫回想："风吹来时，草浪翻滚，你闭上眼睛，深深一呼吸就能闻到它草绿色的味道。"他说，收割香茅，必须趁叶子上有露水的时候，不知这是什么道理。不过，他年少的记忆，除了浪漫，更多还是苦作的艰辛。"香茅虽然柔软，但它身上的两边藏着芒锋，一不小心就会划破手。"而且，毒辣的蝎子爱香气，因此，"香茅丛又是蝎子的天堂"。

关于香茅，我还知道一种说法，就是它一直被认为极端破坏地力，只要种过香茅的田地，就很难再栽植其他作物了。香茅如此霸道，又是什么道理呢？而我最大的疑惑，则是它的颜色。我们都知道，任何一种草，晒干之后都要变黄，那么香茅又为何如此特殊呢？我在这边正东想西想瞎琢磨呢，那边香茅已经被爱人嫌弃了，她说香茅香是香，但滋味太淡，完全没有力量压住肉味。于是她起身，逡巡店堂各处，在一个角落里，发现了一排酱料。这下可让她逮着了，狠狠舀了两大勺豆瓣酱，和香茅掺到了一起，津津有味地重新吃了起来。我好奇，也抢过来一坨，一尝之下发现，必须得承认，到底是咸味最能制造香。

香茅配香酱，我们吃了一个十分饱。爱人精力恢复，又对中山大学和太子湾起了念头。"以后什么时候还有机会再来呢？"她这么一问，我和女儿不由得也动心了。于是我问老板娘，附近有没有民宿，老板娘想了想说，没有民宿，但是有汽车旅馆。

她这么说，当然是好心，汽车旅馆和民宿的共同点，就是都很便宜。可这样的好心，却让我心里不舒服了一小下。我找民宿，当然涉及钱的问题，但同时我也肯定希望别人会认为我有一种别样的情怀，就是喜欢民宿的调调。结果她一提汽车旅馆，直接就把我的伪装撕破了。因此，我不再犹豫，马上决定，离开左营去垦丁。

这里有一个小细节，以后大家经左营去垦丁的时候可以参考。我是午后两点半买的长途大巴票，预定三点半发车；但前一班三点钟发车的，很可能有空位，因为一些在大陆就已经预订车票的游客，会因为行程中的各种意外赶不来。这样，我早早地申请候补，就成功坐上了三点钟的车。

垦丁的情人眼泪

在垦丁看当年在垦丁拍摄的电影《海角七号》，感觉很奇妙。不过我发现，导演魏德圣至少有两处大疏漏不可原谅，第一没有把垦丁大街夜市花样无穷的美食小吃表现出来，事实上哪怕只给两个空镜头，影片也会增香增色不少。第二就是没有充分展示垦丁的风和浪。垦丁的风是有实物感的，只要你张开双臂，就会随时感觉在抱着风。垦丁的海浪，是直面太平洋那种无遮无拦的感觉，宽阔无边。

朋友刘丽涛说得很对，游台湾不可放过垦丁，这样将来看地图时，你才能用手指按住台湾岛最下方的细尖，自豪地说："我到过这里！"一般来说，垦丁有三个景点必看。一个是台湾最南点，据说大晴天时，在那里可以隔着巴士海峡望见菲律宾。再一个是"风吹沙"，就是雨水把砂石冲向海边，风又会把它们吹回堤岸。第三个则是"关山夕照"，据说其壮观奇美，常常让人莫名流泪。三处景点，分布在十数公里范围内，因此，自由行游客骑电动车最为便当。

来垦丁前，我们曾在一家欣欣民宿订房间，但不知什么原因支付没成功。我们决定不再预订了，根据此前的经验，春节前是游台淡季，走到哪里都不难找到住处。在垦丁大街下了长途车之后，我们随意挑了一家看起来门面顺眼的店走进去，一下子就相中了他们依山傍海的一处大房子，等到入住手续办好之后发现，这里就是当初预订的那一家。

因为这个缘分，我们当然要首先给老板赚钱的机会，所以想直接租用店里的电动车。可是，负责教练的小伙子很谨慎，还没等我爱人和女儿试骑一整圈呢，就给出了结论：你们不能骑。这下我们犯愁了，怎么办？包出租车太贵不说，感觉像是赶场子，我们不喜欢。又不能我一个人骑，带着她们俩。那么最后一招，就只能是借自行车了。欣欣民宿没有自行车，老板介绍我们去了垦丁森林公园旁边的一个车行"包租婆"。

接待我们的是一位身披大氅的小伙，在我看来颇有点原住民风格。他强烈不建议我们骑自行车。"你们不知道风有多大，都能把你们吹回我的车行来。"他这样说。看着我们又一次犯愁的表情，大氅兄自信满满地声称，只要十秒钟，他就可以教会我的爱人和女儿开电动车。红灯停，绿灯行，关电门，掌握了这三项要领，就可以上路了。

事实上也确实如此，爱人与女儿都会骑自行车，对付这种小型电动车不该有困难的。试骑两圈之后，她们就已经从容不迫游刃有余了。大氅哥是对的，用自己的自信巩固别人的自信，会把人往成事的方向带。前一个小伙子呢，很负责任，说话也很诚恳，他的意思是，如果你实在骑不好，他绝不可以为了挣钱而给你放行。可是，我注意到，当我爱人和女儿试骑时，他一直紧紧握着车尾的横档，根本就没松过手。这就意味着，还没等正式开骑呢，他已经在心里判定你不行了，这怎么可以呢？

骑行到台湾最南点，天空晴朗，我们努力地眺望再眺望，还是没有看到菲律宾。看来这种说法不是真的。在"风吹沙"，我们误把海边的露兜认作了菠萝，这种树伏地而卧，枝干扭曲刚硬，看得出来曾与海风有过何等顽强的对抗。看过"风吹沙"之后，调转车头，时已过午。现在我们承认，如果是骑自行车，恐怕要推行一大半的路程。因了这份感谢，我们决定，午饭一定要去大鳖哥推荐的那家阿兴生鱼片店。

过南湾，在后壁湖和星砂湾之间的巷子里左拐右拐，等到终于找到阿兴生鱼片店时，已经接近下午三点。服务员大妈一口气给我们介绍了好几道特色菜，第一道，生鱼片，新台币两百元给四十片，便宜；第二道，扇贝，新台币一百元给六只，便宜；第三道，鱼汤，价格忘了，反正也不贵，关键是各种鱼骨鱼皮，看起来就让人口舌生津。介绍到第四道雨来菇时，这位大妈显得格外兴致勃勃，连说了好几遍：它还有一个名字叫"情人眼泪"。大妈与情人，菜品与眼泪，当时那种即视感带来的联想，十分奇妙有趣。

雨来菇在台湾是一种很常见的野菜，稻田收割后，一场雷阵雨就会催生出一大片，因此又名田菇。实际上，它和地假皮一样，也是一种地衣，不过雨来菇偏绿色，比地假皮更有弹性，因而也就更有嚼劲。

作家方梓在《野有蔓草》中写道，台湾卑南族有一个传说，雷公下凡，偶遇一位年轻人，他们一起饮酒谈天，相处甚欢，约好七日后再聚。可是七日后，雷公又来，却发现曾经喝过酒的那座小屋已经垮塌，不远处有一座陈年坟墓，坟前墓碑上刻有"忘年交"字样。原来，天上七日，人间百年，那个年轻人早已作古了。雷公一时情动，热泪洒地，化为雨来菇。因此，雨来菇本名叫雷公眼泪，但因为不讨喜，生生被贩售者改成了"情人眼泪"。

方梓曾这样描绘吃雨来菇的过程："夏日黄昏，暮蝉烈鸣，溽热蒸腾不散，将汆烫过的雨来菇加上抓过盐的洋葱丝和白萝卜片，滴上柠檬汁和辣椒油，凉拌成酸辣菜，这道消暑的野菜让人有淋过雷雨的畅快和凉爽。"尽管此时正值隆冬，但是我吃雨来菇的感觉，与方梓的描绘一模一样。

按我们原定的计划，饭后将再骑行几公里，去看关山日落，结果走到白沙湾，女儿一头倒在银白的沙滩上，再不肯挪动半步。没办法，我租下一柄大洋伞，暂时安营扎寨。海浪滔滔，云白天蓝，我们决定，就在这里看日落了。人来人往间，我和爱人也拎着手机在沙滩上东走西走，一会儿拍海鸟，一会儿拍脚印，结果遭到女儿深刻的鄙视：放下手机，用眼睛记！

赶在天大黑之前，我们顺利驶回包租婆交车，大觷兄的表情看起来比我们更加得意。我请他合影，他爽快地答应了。我请教他姓名，他说叫黄正龙。实际上，我问他姓名，另有深意，想借此判断他会不会是少数民族。我不知道在台湾，直接问一个人是不是少数民族，算不算政治不正确。不过后来我也想，我的如意算盘不可能打响，比如凭着"张惠妹"这个名字，谁又能判断出她是不是少数民族出身呢？

在花莲烫小火锅

由屏东垦丁北上，经台东，过北回归线，就进入了花莲地界。太鲁阁，是花莲的招牌景点，也是我们此行的目标。据朋友张孝军讲，在太鲁阁看刀劈一样的高山，在燕子口看地狱一样的深峡，你就会明白，什么叫作鬼斧神工了。

在我想来，这个太鲁阁，应该是陆地与海洋角力留下的一处意外奇迹。无边无际的太平洋，不怀好意地想折断大地持续伸展的肢体，可是一折没断，留下了一座岛屿和一道海峡，于是太平洋发狠再折，波涛汹涌之间，大地终于在太鲁阁一带被拦腰斩断，因此，太鲁阁的种种险峻与雄奇，正是群山面对太平洋不见底的深渊无以自处的错愕表情。

我们没有在花莲预订住处，从长途车进城开始，我就一直趴在车窗上扫视路旁的各类店铺。抵达终点花莲火车站前不久，我一眼相中了国联二路上的一处民宿"旅行者的家"。下车之后投奔过去，果然干净漂亮，价格适宜，况姓老板夫妇和气热心，让我们十分满意。稍加洗漱后，我向况老板请教游玩太鲁阁的行程，他经验丰富，十来分钟就帮我搞定了第二天的计划。之后，应女儿的强烈要求，我们去看电影《海洋奇缘》。

可是到了影院买票时我才发现，原来又是迪士尼的动画片！于是忍不住嘲笑女儿：你不知道你已经是大学生了吗？女儿不服，振振有词地说，像《海洋奇缘》这种电影，看起来是动画片，但实际上已经不是给小孩子拍的了。为什么呢？因为迪士尼发现，当年看《猫和老鼠》的孩子已经长大了，但依然还是迪士尼的粉丝，所以，今天迪士尼的电影，是专门拍给她这种迪士尼青年的。

自我感觉良好的人容易幸福，好吧，对她的良好自我感觉，我表示完全同意。

我当时特别留意了一下电影票价，成人是新台币二百六十元，折人民币六十块左右，就小县城而言，不算便宜。女儿试着拿出了韩国的学生证，尽管售票员看不懂，但还是笑嘻嘻地同意让她享受了学生票价，二百三十元，女儿很高兴。

离电影开演还有五十分钟，女儿建议去市中心的中正路金三角商圈，找况老板给我们推荐的特色小吃店。但我算了一下时间，好像不太充裕。于是我们信步走到国联五路，爱人和女儿同时相中了一家火锅店。其实她们选饭店的标准，还是跟我学的，那就是看店里人多不多。人多，一定好吃。人少，万万进不得。这一天，已经是腊月二十九，明天就过年了，这一家店却几乎满座。

三个人，羊肉一个锅，牛肉一个锅，海鲜一个锅，菜量很大，尤其是我的海鲜锅，虾、贝壳、小章鱼一应俱全，而且米饭随便舀食，冰红茶随意取饮，饭后还有冰淇淋。这一顿饭下来，共消费新台币四百二十元，折人民币一百元左右。我盘算了一下，台湾十天，这是性价比最高的一餐饭。结果，实际上，在整个进餐过程中，我都在不自觉地为店家操心，这三个锅，连燃气费都需要不少钱吧，那么他们到底有没有赚呢？

最开心的是，在这家店里，我吃到了惦记已久的高丽菜。来台湾前，看各色人等写的旅游攻略，发现不少人推荐高丽菜，把它列为不可不吃的特色食品之一。我知道，有一种菜叫朝鲜蓟，实际上与朝鲜没有什么关系，那么高丽菜与高丽王朝，会不会有关系呢？结果，菜盘子端上来时，我就已经心生疑惑，等到第一筷子进嘴，我忍不住惊呼：什么高丽菜，这不就是我们东北的大头菜吗！

从花莲返回台北，热心的詹女士继续给我们当导游。闲聊时，我忍不住和她说起在台湾的一些发现。比如，我们从小到大在课本里学的高山族，这种说法在台湾并不通行；比如我们逛过的三民书店，没有心理学分类，相关书籍是与厚黑学放在一起的；再比如，所谓的高丽菜，原来就是我们经常吃的大头菜。可没想到，最后一个事例，招致詹女士的迅速反驳，她说，大头菜根本不是高丽菜，大头菜是芥菜！

我知道，这又是地方不同、植物名称不同造成的混乱，于是急忙改口，说高丽菜实际上叫卷心菜，也叫包菜，或者叫洋白菜，或者叫疙瘩白。但詹女士对我半路修改名称的举动不予认可，紧紧抓住大头菜不放，力证芥菜不是高丽菜。而且她还说，台湾吃的高丽菜，大多是大陆来台老兵在中央山脉的雪线附近种植的，气温低，空气好，而且不用化肥和农药，几乎像野菜一样绿色天然，格外美味。

我承认，花莲高丽菜的确好吃，甜脆，多汁，口感细腻。但是，即使再好吃，也改变不了高丽菜就是卷心菜的事实，我在心里这样默默地说。

关于高丽菜名称的由来，有一种说法是，日本人认为此菜营养丰富，堪比高丽参，因此是由他们最先叫起来的。但简单想想，高丽参与高丽菜，毫无相像之处，未免太过牵强。而比较可信的说法则是，在地中海北岸，卷心菜别名"恺撒汗珠"，其拉丁文名称如果用闽南话来音译，比较接近"高丽"。有一个明显的证据是，老一辈台湾人从来不说"高丽菜"，而直接叫"高丽"，就因为拉丁文的"高丽"，本身即已包含有"菜"的意思。

记得日本电影《小森林》里，也曾有高丽菜的身影。女主人公市子有一天突发奇想，将高丽菜打成浓浆，用来烤蛋糕，自认为是世界上有史以来第一块高丽菜蛋糕。想来，这个专利不会有人跟她抢。她请村里的小伙伴悠太试吃，悠太这个榆木脑袋，一大口蛋糕还没有完全咽下肚，就憨憨地说："好吃，真好吃，能不能给我点酱油？"市子不解："为什么要酱油？"悠太说："这不就是蔬菜饼吗？蔬菜饼蘸酱油，是天经地义的事情啊！"

在农禅寺进斋饭

在台湾过春节，大年初一怎么安排，当然是个大问题。从深圳出发前，我和爱人及女儿已经讨论过多次，形成了数个版本的预案，但一直没能达成共识。在垦丁，我们进一步研究过，我想回台北后去看胡适纪念馆，爱人想去北投洗温泉，女儿则想把著名的西门町逛遍。结果，谁也没料到，这一天，我们被热情的詹女士拖住，先去看了军舰岩，后到农禅寺进了一餐斋饭。

詹女士说服我们看军舰岩的理由依然是"大陆客很少有人知道"，我笑了笑，心里想的是，那么等一会儿去庙里吃免费的斋饭，我们更应该是绝无仅有的陆客了。

看军舰岩，借道阳明大学是捷径，穿过层层露兜和相思树混合林，爬上一处长满半边凤尾蕨的小缓坡，一块突兀的岩石突然立在眼前。事实上，人要走到岩石的西侧，拉开一点距离，才能看到一艘军舰舰首的模样。攀上岩顶，脚下的砂石有漂亮的纹路，詹女士说是风化纹，我倒觉得更像海水冲刷留下的痕迹，没准千百年前，这块石头就曾沉睡在海底呢。

军舰岩的海拔并不高，将近两百米，但站在这里，整个台北已尽收眼底。在薄薄的烟雾中，淡水河与基隆河静静地交汇。我记得，曾读过一份资料，说清咸丰年间，住在淡水河边的闽南人，曾发生过一场惨烈的族群内战。一方是泉州、惠安与南安人，即所谓的三邑人，另一方则是同安人，势单力薄却不屈不挠。当时三邑人占据艋舺码头，经营稻米、茶叶、布匹和中药材生意，获利丰厚；而同安人想利用码头运货，也要向三邑人交纳保护费。天长日久，双方难免生怨互恨，咸丰三年，终至爆发大规模械斗。同安人落败，死伤惨重，被迫撤出原有据点八甲庄，移居台北府城以北的荒滩大稻埕。

其后，独占码头的三邑人更趋保守，不接受任何外人染指生意，就连苏格兰人想在艋舺建茶厂，也遭到三邑人的暴力驱逐。无奈之下，苏格兰人只好投奔大稻埕。这样又经过若干年，艋舺停滞，大稻埕则日益发展，最终成为第一繁荣的码头。同安人因祸得福，曾经一次性运往纽约十三万斤乌龙茶，"大稻埕茶市"一举成为国际品牌。

如今，淡水河依旧在，却不知几度夕阳红。

离开军舰岩，赶往法鼓山农禅寺，我们走得很急，因为怕错过饭点。可是刚一进农禅寺的大院落，就见到一列长长的队伍在蜿蜒蛇行，詹女士的表情马上松弛下来，这些排队的人，都是来吃斋饭的。"大年初一，菩萨很多。"詹女士这样说。把信众称为菩萨，好像在大陆没有这样的习惯吧？我还真是好奇了，这么多人当中，会有多少陆客呢？詹女士说，应该很少，因为大年初一吃斋饭，是台北人的一项生活传统，一般游客都不会凑这个热闹。

但是经过漫长的等待进入地下食堂打饭的时候，我被人嫌弃了。本来以为，会像普通自助餐一样，所有的吃食儿都摆在一个台子上，我们像流水一样顺次走过，一样一样选够就行了。可到了餐台前方不远处，队列分成好几路，我一时不知该去哪一路。混乱中，又见不到詹女士了。没办法，我向左，打了一碗米饭和一团青菜，然后想重归队列，拐到右边餐台再去拿几枚水饺，结果就听到后头传来了不满的抗议声，吓得我赶紧端碗逃到了一排一排的餐桌中间。

在熙熙攘攘的大厅里，好不容易才找到詹女士，以及爱人和女儿，她们有的打了炒饭，有的选了拌饭，反正都比我的米饭加青菜更像一顿完整的饭食。不过，我也很幸运，因为经詹女士辨认，我碗里的那一团绿色，是一种山菜，名字叫作野姜花。

野姜花我知道。"三月里微风轻吹，吹绿满山遍野。雪白又纯洁，小小的野姜花。偶然一天沉默的你，投影在我的世界里。"这是一首暴露年龄的歌，民歌时代红人刘文正唱过。著名鸡汤煮手林清玄也曾这样写道："野姜花的花像极了停在绿树上的小白蛱蝶，而野姜花的叶则像船一样，随时准备出航向远方。"然后他说如果家里养上一株野姜花的话，"小屋里就被香气缠绕，出门的时候，香气像远远地拖着一条尾巴，走远了，还跟随着"。

朋友们，大年初一，你们在家里肥吃肥喝，满嘴流油，我在台湾享用的是一碗糙米饭配山野菜。而且野姜花吃起来，感觉不到明显的香气，没有肉的鱼香肉丝什么滋味，大家可以自行体会一下。在大陆，野姜花一般都是当药材用的，据说对疟疾有效。詹女士说，野姜花主要产自南投，所以吃了它，你们也算去过南投了。

饭毕，詹女士领我们参观农禅寺。这里的建筑另类，有特点，传统寺庙的大雄宝殿，当然要红墙绿瓦，飞檐翘角，可农禅寺的主讲堂则是平顶圆柱，即便没有人民大会堂那么雄壮威势，至少也不亚于巴黎先贤祠那般肃穆庄严。主讲堂正前方的院心，是一大汪碧水，中间生有零星的荷花。柱廊在池中的倒影，伴随着飞扬的金色帘幔，自成一派虚幻风光。据说，这个场景，是农禅寺知名方丈圣严法师在梦中见过的，"有如空中花，水中月"。

詹女士着重引导我们看主殿西侧的整面墙，镂空刻有斗大的汉字，那是全本的《金刚经》，这样，夕阳一照，斑驳文字的影子打到室内的东墙上，奇幻感强烈，仿佛为众人揭示佛祖的悉心教诲，无声胜有声。而且在农禅寺里，不烧香，只点灯。

对了，农禅寺的设计师，也就是兰阳博物馆的建筑师姚仁喜。

一九七五年，东初大和尚创建农禅寺，后经圣严法师主持扩建。这位圣严法师，经历颇奇特，一九四九年，身为僧人的他，为了能得到一张赴台的船票，临时投军从戎，同时向军方郑重申明：将来，我还是要做和尚的！农禅寺的建筑很现代，圣严法师的理念也很现代，他提出"心灵环保"概念，践行

"人间佛教"主张，推崇"农禅工禅"，以求自食其力。

对，差点忘了说，在匆匆赶往农禅寺的路途上，我注意到，在台北过马路，十字路口人行绿灯亮时，我们是可以直接走对角线的，这种设计，相当合理，也相当人性化。

梅门素食不许打蚊子

在台北中正区延平南路梅门素食餐厅舒适的沙发椅上坐定没多久，就发现有花蚊子在眼前乱飞，我习惯性地扬手追打，詹女士笑着阻止说：轰走就行了。我迅速收手，表示理解。尽管这里并不是佛门净地，但素食场所，总归与护生的佛性相去不远吧。而且我也注意到了，从进门开始，素食馆各处就分布有数十座大大小小的观音塑像，仔细观察，它们全然没有那种等人烧香献贿的烟火之气，从造型到表情都现代感十足，甚至可以说不失性感。

来梅门素食，是因为詹女士觉得，大年初一在农禅寺吃的斋饭，不足以体现台湾素食的真正水准，作为素食理念的践行者，她对此心有不安，于是坚持要再请我们一次。尽管是地下室，但梅门素食装修雅致，低调奢华，首先在氛围上，就胜了农禅寺喧闹的大食堂一筹。当我们手捧菜单慢慢浏览的时候，服务生轻手轻脚地斟茶，我说了声"谢谢"，她回了句"不会"。这个，也是我一直好奇的。在台湾，你说"谢谢"，对方很少回应"不客气"，而是说"不会"，为什么这样呢？就此，我诚恳地请教詹女士，她歪头想了一会儿，之后说：是啊，以前还真没注意过呢。

梅门素食在大陆名气不大，但据说在东南亚及美国西海岸很有影响力。梅门，源于武术大师李凤山先生的梅派。可实际上，李先生一直坚持摒除武术的门户之见，向来声称自己"没派"。巧又不巧的是，有一次，李先生说的"没派"被一位德高望重的前辈误听成了"梅派"，并好意写下"梅派"两个大字送给他。于是李先生将错就错，索性自认梅派。说到李先生为什么在东南亚和美国有影响，那是因为他创立的一种健身"平甩功"，以达摩祖师的《易筋经》与张三丰祖师的太极功为本，融入了《老子》《易经》《孙子兵法》等传统文化元素，并与八卦掌融会贯通。怎么样，听起来相当厉害吧？当然，对此，信者恒信，不信者恒不信，自是人间的充分自由。

再次有机会对服务生说谢谢，是在我们点餐完毕之后，不过这回她没说话，只微笑着对我们点了点头。梅门是分餐制，也就是各人吃各人的份饭。中餐西餐化，素食当先锋，这样挺好。我特意点了一道梅菜酱盖饭，心里想的是，在梅门吃梅菜，应该很应景。况且我知道，在广东，所谓的梅菜，是用芥菜加工而成的，而芥菜本身，又是非常容易引起混乱的菜名，比如榨菜，比如雪里蕻，好像都有芥菜之名。而在我们东北，芥菜专指一种根菜，俗称芥菜疙瘩。我就想知道，在台湾，用来制作梅菜的芥菜又是什么样。

随着份饭上桌的伴餐小菜中，有一款是凉拌木耳。詹女士说，别小看了这个木耳，它们可是野生的。爱人和女儿表达了适度的赞叹，我却不动声色，因为对于一个东北乡下人来说，野生木耳太稀松平常了。小时候，每到盛夏，一场大雨过后，家里前后院的木头栅栏上，以及上学路上两旁的倒木上，总会长出一丛丛的胖木耳，我们都没兴趣摘，更没兴趣吃，因为它们不香不甜，不苦不酸，一丁点味道都没有。

木耳就是这样，你用什么佐料，它就随什么滋味，完全没有自己的立场。因此，在我老家，木耳是贱菜。城里人让木耳享受真空包装的待遇，当宝贝一样送礼，常让我心里暗暗发笑。而且，木耳一向被认为拥有一项特殊的功能，那就是清肺。即使在生活最为困顿的时期，给纺织女工发放木耳的福利，也从来没有停止过，这就是对它清肺功能的确凿认定。可是，这个清肺到底是什么意思呢？比如纺织车间里的纤细绒毛进到了女工的肺里，木耳经食道进到胃里，又怎么能把它们清出来呢？

这么认真一追问，就有负责任的中医站出来说了，木耳清肺是错误的表述，少了一个字，应该说"清肺热"，也就是去火的意思。由此，我们也就可以理解了，为什么会有人主张，中医是哲学。

我的一个体会是，与肉食相比，素食的饱，是沉甸甸的真饱。因此，离开梅门，我们一致同意散步消食，这样一走，就走到了二二八和平公园。詹女士介绍说，这里原来是台北公园，一般人叫它新公园。闻听此言，我禁不住惊呼起来：台北新公园？那不就是白先勇小说《孽子》的故事发生地吗？詹女士肯定地回答：是的。我停步，扭头，多打量了黑沉沉的公园几眼。对于《孽子》，我的印象太深了，至今记得，在第一段里，父亲骂儿子"畜生"，把儿子赶出了家门。当时，我完全是把那位父亲想象为白崇禧将军的。《孽子》对我而言是启蒙书，从此，对于另一半世界有了不带偏见的理解。

马上要和詹女士分手了，对她这些天来的陪伴，我们一再说"谢谢"，她就回以一迭声的"不会"。对此，我们默契地相对而笑。这时，詹女士说，她现在明白是怎么回事了，因为谢谢里头，往往有"给你添麻烦了"的意思，所以回复"不会"，就是在说：你并不会给我添麻烦，所以不用谢。

牛蒡让我第二好奇

好友王国华问起台湾之行的印象，我由衷地感叹了一句："最喜欢的就是，那里什么东西都好吃。"话音刚落，引发他的强烈抗议："这是我以前跟你说过的呀！"结果为了这句话的原始版权，我们来来往往打了三分钟的官司。

恋恋不舍作别台北，我唯一的遗憾，是没能找到机会吃牛蒡。在读各类野菜书的过程中，最让我好奇的，第一是罗勒，第二就是牛蒡。因为牛蒡的图片，也曾让我暗暗吃惊：这东西不就是东北老家遍地都有的老母猪耳朵吗，它也可以吃？

英国作家理查德·梅比在《杂草的故事》里说，牛蒡又名臭苍耳，原产中国，野生为主，公元九百四十年前后传入日本。这一千多年前的事情，梅比为什么知道的这么清楚？对此他没有给出解释。反正是，从此，牛蒡被日本人奉为营养和保健价值极佳的高档菜蔬，并给它起了一个豪华的名字叫东洋参。日据时代，台湾一度成为牛蒡生产基地，台南一带曾大面积种植，供应日本本土消费。

我也设想过，把老家那种老母猪耳朵肥肥大大的叶子做成菜，会是什么滋味呢？后来发现，牛蒡不是吃叶，而主要是吃肉质根，有点像山药。因此说，日本人化腐朽为神奇的本领，还真值得咱们学习。围棋传到日本，被他们鼓捣成了蜚声国际的体育赛事；柔道传到日本，被他们送到奥运会上去得享风光。据说麻将已被日本人盯上很久了，说不定哪天得到稻盛和夫的青眼有加，推出个"京瓷杯"国际麻将大赛，连美国人都会闻风而动的。然后下一个，可能就要轮到斗地主了。

同样，牛蒡到了日本，也被他们培育出了很多新品种，有一种大浦牛蒡，又短又粗的根居然是中空的，正好可以用来填充其他食材，比如清蒸牛肉芯牛蒡。而我惦记在台湾吃牛蒡，就是想知道，台湾还留有那么多日本的遗迹，如高雄的名字就来自日语，如桃园还保留有日本的神社，那么台湾人也和日本人一样，格外喜欢牛蒡特有的土腥味道吗？

我的朋友阿孜萨已经在日本福岛乡下生活多年，一直想问问她，对于吃牛蒡有什么心得。不过，她在中国时，应该是长在城里的，未必认识乡下荒野里的老母猪耳朵，因此没有比较也就难有鉴别。不过，听说日本有句俗话叫"太平洋里洗牛蒡"，不知道是什么意思，将来有机会去日本，可以向她当面请教。

偶然翻看黑泽明的电影《乱》，说一位年迈大名，大大方方地让位给儿子之后，却遭到儿子不客气的放逐和追杀。这样一个故事，看着怪怪的，不太像我所了解和理解的日本文化。后来才发现，原来，《乱》就是莎士比亚《李尔王》的翻拍版。于是，不禁为自己的无知而汗颜。在莎士比亚笔下，李尔王被放逐后疯掉了，将各类杂草编成花冠，戴到自己头上，这是他丧失心智的铁证。而在花冠的杂草当中，就有牛蒡。日本的《乱》也有年迈大名半疯之后戴花冠的情节，但我确实没有注意到，那个花冠上到底有没有牛蒡。

我知道的是，因为牛蒡的根抓地牢固，有一些甚至能深入地下一米以上，所以在日本，有一种古老的建筑技术叫"牛蒡墙"，就是用大块粗石垒起微微倾斜的围墙，中间宽宽窄窄的缝隙，则用小石头塞紧。因为石头与石头之间并没有固定在一起，所以其最大的好处反而是抗震。

二战后期，日本食物短缺，位于新潟县直江津市的俘虏收容所第四分所，给欧美战俘们煮食牛蒡，引发这群蓝眼睛大鼻子的强烈抗议。后来在东京大审判时，这件事还成了一条罪状，说他们给俘虏吃树根，分明是严重的虐待。日本人这个委屈呀，辩解说是东西方饮食文化的差异，但败者无话份，根本没有人好好听他们的。

欧洲人不吃牛蒡，对它另有利用，比如替代啤酒花，用作苦味剂。最厉害的是瑞典工程师乔治·德梅斯特拉尔，他发现，牛蒡子表面，长有许多带倒钩的韧刺，碰到纤维就挂住不放。受此启发，他发明了粘扣，广泛应用于生活的各个领域，造福无数，比如在鞋子上取代了鞋带，比如在测量血压时用来箍紧我们的胳膊。

第七辑

半野半菜

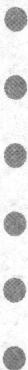

燕窝闹笑话

燕窝不容易归类。你不能说它是荤菜，也没法说它是素菜；你不能说它是家养菜，而要说它是野菜呢，也会有不少人表示反对。当然，更多的人想通之后，会根本不同意把它归为菜类。但我不管那么多了，还是决定叫它半野菜。

吃燕窝闹笑话，肯定不是我一个人独有的经历。往往是豪华包间，超大旋转餐桌，一小碗白嫩的汤品被小心护送到眼前，然后埋头开吃，滑滑的，柔柔的，以为是蛋清或粉丝。吃完，放下汤匙，马上察觉桌上的气氛不对，主人的眼神，似有所期待，又期待不着，就会假装不经意地来一句："刚才吃的，是燕窝。"我和同伴，赶紧调动十二分热情的语气，表达对燕窝的由衷赞美。但很明显，来不及了，最佳赞美节点已经过去，主人的笑，有点僵硬敷衍。这也就是古人谆谆教诲的机不可失，失不再来。

猴头、燕窝、鲨鱼翅，历来被祖国传统食疗界定义为补品中的极品。那么燕窝到底有什么特别的营养？任何一个稍具科学精神的专家都会坦白告诉你，燕窝没有什么特别的营养。一点唾液，一点羽绒，来自雨燕或金丝燕，能含有什么神奇的恩物呢？一点氨基酸，一点碳水化合物，不过如此而已。关于燕窝的饮食学价值，最标准的说法就是："其营养高不过豆腐。"

因此，燕窝的尊贵地位与昂贵价格，完全是被制造的结果。作家殳俏在《元气糖》中说，燕窝主要在心理层面对人有功能，因为一直以来燕窝就是昂贵至极的食材，传说要有专人去东南亚一带的陡峭悬崖上摘得，头顶是狂风暴雨，脚下是滚滚恶涛，一不小心，摘燕窝的代价就是粉身碎骨。

殳俏说："而到了淑女名媛手中，燕窝变成一碗浓粥的时候，那惊险的传闻就变成了津津有味的八卦。这就好像早年欧洲宫廷贵妇喝下午茶时，来作陪的男士们会顺带谈起，茶叶自遥远东方经过惊涛骇浪一路向西并与海盗大战三百回合之后，才变成了上流社会手中的饮料，因此，拥有好茶叶，便在西人中间成了身份与地位的象征。"

物以稀为贵。这是经济学唯一准确的公理。燕窝是这样，茶叶是这样，肉桂当年也是这样。古希腊历史学之父希罗多德称，欧洲人一直都不知道肉桂到底生长在哪个国家，只能听阿拉伯商人说，肉桂干枝是由一种大鸟叼到阿拉伯半岛的。大鸟用这些干枝在断崖绝壁上筑巢，人们针对此发明了一种奇特的抢劫方法，就是将大块牛肉放在断崖下，让大鸟飞下来把肉带回巢内，结果鸟巢脆弱，无法承受大块肉的重量，便掉到了地上。人们一拥而上，拾取肉桂干枝，打包外销欧洲。

对此，古罗马百科全书作家老普林尼说，这种故事是阿拉伯商人创作出来的，用以抬高肉桂的价格，同时，也让欧洲买主们无从知晓肉桂的确切来源。

当然，一定会有人内心隐隐不甘：享誉百年千年的传统名物燕窝，就被你等说得如此不堪？于是举史上成例，闻人某闻人又某，日食燕窝不辍，遂寿过百岁，云云。其实，这里的逻辑相当简单，作为闻人，每天吃得起昂贵燕窝，自然可以推定，其境遇安逸，其精神康健。而且，闻人生活水准高，日常饭蔬供应丰富，营养充足。是所有这一切综合因素叠加到一起，才造就了他的长寿，而这功劳，怎么可以让燕窝独独霸占呢？

今天我不关心野百合

　　清代美食家袁枚在《随园食单》中主张，做菜要讲究搭配之法，清者配清，浓者配浓，不可错乱。百菜当中，他认为绝对只可素不可荤者，有芹菜、百合与刀豆。是啊，直到今天，在任何一个菜系的食谱上，西芹炒百合，还都是黄金搭档，其牢不可破程度，类似于鸡蛋炒西红柿，或菠菜炒肝。

　　西芹炒百合，味道在其次，主要胜在口感。西芹脆，百合沙，能交替给牙齿带来新奇。东北人所称的沙，与面不同。面是煮熟的马铃薯，整体一团，与舌头及牙齿丝绵般友好。而沙，则讲究颗粒独立，要真有沙子入口的错觉才行，但又必须足够细足够软，任何一个颗料都不可与牙齿产生直接对抗。百合，就是这种沙的典型代表。

　　百合的地下鳞茎，有众多瓣片紧紧相抱，故名"百合"。把它们拆成一片一片，就是西芹的盘中伴侣。其实，按直觉习惯，我们更喜欢把百合可吃的这一部分叫根，对吧？可植物学家听了会得意地说：错了，那是茎！唉，叫根叫茎，还不是他们自己的规定？在我看来，专家们之所以固执地做出如此有违常理的规定，好像是在设埋伏，一旦成功地让我们入瓮，他们就有了格外的快感。

我们日常所吃的百合，主要来自家养品种，比如东北常见的斑百合，红嘟嘟的花瓣上，点缀有深色的小雀斑，显得十分俏皮。山谷寂寞角落里的野百合也有春天，秦腔中唱的山丹丹，就是其中的一种，花开红艳艳，茎却不保证可吃。因此，今天我不关心野百合。

清代学者汪灏编定的《广群芳谱》说，在都波国，即今蒙古国一带，无稼穑，人们以百合为粮。可作为苦寒之地，没听说蒙古国大面积产百合。况且，蒙古人祖祖辈辈吃肉，摄取维生素主要靠喝茶，连吃一般的家常蔬菜，都被称为吃草。说他们以百合为粮，让人难以相信。至少，要像宋代一样，有诗人陆游的诗为证才行："更乞两丛香百合，老翁七十尚童心。"

在西方，百合相当著名。古希腊神话说，天后赫拉给幼年的大力神赫拉克勒斯喂奶，有几滴乳汁落到地上，生出了百合花。爱神阿佛洛狄忒嫉妒赫拉能给天神宙斯的儿子喂奶，于是施展魔法，把百合花的雌蕊变得格外长，气得赫拉几近昏厥。花蕊长，赫拉有什么好生气的呢？据说，那是因为花蕊不仅长，而且长得像驴根。

这就是古希腊，连神话都带有一股荒蛮原始的勃勃生机。而在罗马时代成熟起来的基督教文化，就显得温情多了，也文雅多了：耶稣基督的宝血流到十字架下，那块土壤就长出了百合花。《圣经》这样劝谕人们："何必为衣裳忧虑呢？你想想野地里的百合花，怎么长起来；它也不劳苦，也不纺线。然后我告诉你们，就是所罗门极荣华的时候，他所穿戴的，还不如这花一朵呢。"

　　著名植物学家林奈在《自然系统》一书中，曾用描述人类性事的手法介绍植物。比如，一般说百合花属于六雄蕊纲单雌目，我们这些外行人是没办法听懂的。换种说法，是百合只有一根雌性花柱，但有六株雄蕊。这么说，也还是不太懂。那好，林奈说，就相当于一个女子在床上拥有六个情人。这回，我们一下子就懂了。

　　林奈的这种写法，一时饱受方方面面的指责，他的书，险些遭到封杀。那是一七五三年，即清乾隆十八年。那一年六月，洪泽湖大水，四处决堤，人称"刘罗锅"的尚书刘统勋奉旨出巡，查办腐败，正法多人；七月，俄罗斯科学家罗蒙诺索夫通过实验证实，闪电就是电；八月，瑞士数学家欧拉致信德国数学家哥德巴赫，宣布自己已成功证明费马最后定理。

雏菊的维多利亚时代

有关雏菊，我至少注意到三部电影。第一部是全智贤参演的《雏菊》，我试过好多次了，到底也没能坚持看完。为此，我严厉地审视了一下内心，发现自己有偏知偏见，一看到雏菊，就会自动联想到雏妓。而这样一个与悲惨与犯罪紧密关联的词，与我心目中全智贤的女神形象实在太不搭了。

第二部，捷克导演维拉·希蒂洛娃的《野雏菊》，我也没能看完。几分钟的片断，若干个闪回镜头，就让我知道了，这种电影，如果能在大学一年级时遇到，我会喜欢得不得了。不再是高中生了，没人跟你客气了，世界撕下了温情的假面，开始显露狰狞的面孔。因此，无奈的应对之举，就是暗暗盼望世界破碎混乱，反正我们不知死，也不畏死，如果可以打破现有秩序，没准还可以浑水摸鱼呢。这就是《野雏菊》要说的话。而像我这样人到中年看电影，最深切的指望，则是能有一个让人得偿所愿的大团圆结局，然后，好心满意足地上床睡觉去。

以上两部影片，取的都是雏菊的象征意义，一个是"对一个人的默默关注"，另一个是"无人关注的疯狂"。第三部，叫《请别吃掉雏菊花》，终于与食用有关了。可那是1960年的美国老片子，今天已经没有机会看到，零星的内容介绍，又基本上不知所云。我怀疑，片名取的还是象征意义，与吃本身并无关联。

雏菊可以吃，这听起来不会很奇怪吧？菊花可吃，而雏菊毕竟也是菊嘛，尽管它不在秋天而是在三月开放。小时候，我还一直以为雏菊是菊花少年时呢。其实不是。人家是专门一种植物，一般身躯低矮，不超过二十厘米，簇生，花瓣短小，倒也有几分像未成形的菊花。

在法国诺曼底，雏菊的嫩叶和花瓣一般用来拌沙拉。厦门人的习惯，是做雏菊饼。广州人吃雏菊，偏爱清炒或煲汤。而在吉林通化三角龙游风景区，有朋友吃过雏菊花蕾炒肉。当我跟朋友高向明掰着手指念叨这些时，他突然用客家普通话问：一个人得有多变态，才会想着拿雏菊炒肉吃？

雏菊的法语名字，叫玛格丽特，在法国是常用名，相当于民国时期的曼倩，或五十年代的抗美，或一九六六年前后的卫东，以及七十年代前半程的海霞。小仲马写《茶花女》，女主角就叫玛格丽特。意大利人选雏菊为国花，一般说法是认为其天真烂漫有君子风，其实，在古罗马神话中，雏菊是森林女妖贝尔蒂丝的化身花，即活力充沛的淘气鬼，这一点，可能才是意大利人最中意的写真。

英国作家理查德·梅比在《杂草的故事》中说，在非洲马拉维，有一种植物名叫"我丈夫在睡觉"，脏兮兮的小白花开在软软的茎上。梅比也不清楚其名之怪，何以由来。它的学名叫牛膝菊，正是雏菊的一种。梅比说，一七九三年，英国皇家植物园从秘鲁引进牛膝菊，一个世纪后，它们从植物园逃走，在各地排水沟和楼梯缝里建立了阵地，靠空气传播种子，最后几乎遍布整个英国。从家养到野生，牛膝菊在流浪过程中，获得了另一个完全不同于"我丈夫在睡觉"的俗名，意为"英勇的士兵"。

在牛膝菊四处逃亡的时候，维多利亚女王当政，大英帝国正处于国运巅峰，领土多达三千六百万平方公里，相当于三个半俄罗斯，经济占全球总量的百分之七十，贸易出口比世界其他国家总和还要多。与今天各国海关严守外来物种入境不同，当时英国的大批"植物猎人"从全球各地源源不断带回新物种，六七十年间，搜罗的新植物就达五万种以上。这就是雏菊的维多利亚时代。

虫草汤的安慰

在广西南宁喝虫草汤，饭局主人三番五次强调"绝对是真虫草"。他的诚恳表情让我很为难，我会觉得，不管怎么努力说些赞美的言辞，也配不上他表现出来的慷慨与盛情。况且，说心里话，对于虫草的种种神奇功效，我一丝一毫都不相信。

如果你相信，世界上有一种东西，冬天是虫，夏天是草，那么，你就应该相信，在澳大利亚与南极洲之间的大洋深处，一定成群生活着可以穿衬衫没法穿裤子的美人鱼；你也应该相信，罗琳在《哈利·波特》中所写的半人半马兽，还一直生活在英国爱丁堡特威德森林中。小学三年级时，第一次看流动杂技团表演，一个粗壮的汉子，能从空碗中变出糖块和饼干，我们在目瞪口呆心潮翻涌之余，是多么相信，这个世界上真有"小搬运"这样一种绝技啊。

所谓虫草，不过是一种真菌与一种昆虫组成的复合体，真菌是麦角菌，昆虫是蝙蝠蛾。真菌长在地面上，是蘑菇；长到地底下，是松露；长在朽木上，是木耳；长到藻类上，则是地衣。所有这些，都是普通物件，那么为什么，真菌长到一种蛾类幼虫的尸体上，就变成了价值连城的宝物呢？冬虫夏草，原本不过是一种诗意的表达，却在方便性的流行话语中，拥有了相当强大的误导杀伤力。

说到底，真菌没有叶绿素，无法靠光合作用汲取能量，它不是植物；真菌也没有嘴，没有胃，没有肠，无法靠掠食获得能量，它又不是动物。它本身的存在，就已经是世上的小小奇迹了，如果再与动物寄生，当然会显出无以复加的神奇。而无须因果过渡，直接把这种神奇移情到疗效上，这不正是传统食疗理念的看家本领吗？

我的观察是，迷信虫草与迷信《易经》，往往属于同一类人。他们总习惯于模模糊糊地相信，一定有什么秘密是我们还没有发现的，一朝破解，就可以创造奇迹。他们总是不甘心承认，一切财富与成就都是艰苦流汗的结果，即使像早年的英国强盗、法国强盗一样抢，也不过是把人家的固体汗水搬回去而已。因此，我知道，说数十万元一公斤的虫草是半野菜，太容易引发众怒了，可这个族群，总在期待虚空处有什么可以让自己不劳而获的人，实在是太多了，令人绝望。

有一个常识是，说任何一种药物或食物治癌，都是撒谎。如果你了解什么是癌，自然会同意这个判断。癌是有史以来最奇怪的病，没有细菌，没有病毒；没有创伤，没有感染。原本正常的细胞，不知道中了什么邪，突然不受控制地疯狂生长，无限挤占空间，带来不可解的压迫疼痛；无限抢夺营养，造成重要脏器的功能衰竭。美国《科学》杂志最新研究成果显示，引发癌症的原因多种多样，包括环境因素和遗传因素等，其中相关基因突变有三分之二是随机的。

这就意味着，三分之二的癌，没有理由，没有原因，至少我们不知道理由，不知道原因。你一定会不甘心不服气，怎么可能没有理由没有原因呢？不行，非找到理由和原因不可！是的，比尔·盖茨也和我们一样不甘心不服气，多年来他陆续捐出两百多亿美元，其中相当一部分，就是用于帮助科学家研究，到底是谁给细胞发出了疯长的指令，细胞又为什么一定要不折不扣地加以执行。目前为止，盖茨还没有收到消息说，你的巨额捐助有了等量回报。可这时有人告诉我，虫草早已把比尔·盖茨解决不了的问题解决了，你认为我该相信吗？

以上不管说了什么，都没有与虫草作对的意图，因为我知道，虫草爱好者一旦祭出"增强免疫力"的撒手锏，我就没话说了。增强免疫力，这是一种很广谱的期待。增强没增强，无可证实，无可证伪，所谓信就有，不信就没有，这种相对主义的手法，早已被我们掌握得无比纯熟。

每次路过烟酒专卖店，都能在门口看到大字招牌：高价回收虫草。这种与高档烟酒相同的待遇，几乎具有了通货的性质。而一种商品如此热门，其造假泛滥的严重程度，就可想而知了。种种造假手法当中，最有喜感的，是用东北产优质玉米粉压模、烘干、上色。

曾有一位朋友的朋友，从泰国带回一大瓶药酒，里边泡的是据称世界上第二毒的眼镜王蛇。从此，只要一小杯下肚，他在床上的表现就无比勇猛。终于有一天，酒喝光了，他才发现被泰国人骗了，那个戴一副大眼镜睡在酒里的家伙，是一条逼真的塑胶蛇。

　　如果虫草也能给人这样强烈的暗示与安慰，那么我承认，它再贵，也值得。对于林林总总可医不可医的病症，美国医生特鲁多说得好："有时，去治愈；常常，去帮助；总是，去安慰。"毕竟生命可贵，贵到无价，如果能起到强大的精神支撑作用，即使虫草一公斤上百万元，又算得了什么呢?

法律禁止你成为菜

在世界范围内，可能只有一种植物，被以法律的名义明确取消了菜的资格，即由国家强制力来严格禁止食用，同时也就严格禁止采集、加工、销售和出口。这种植物，就是所谓的发菜。

记忆中第一次听说发菜，是二十世纪九十年代初。那时我寄身长春一所中学，每日读书看报，胸怀天下，其实就是不安心当老师，一直想找机会跳出去。也不是没动过闯南方的念头，可当时很多人的看法一致：南方尤其深圳，就一文化沙漠，像我这种一心写字的人，到了那里并没有什么出路。说南方人没文化，当时有一个生动的事例，就是他们吃一种植物，居然能吃出生态灾难来，只因为这种植物名为发菜，与发财谐音。暴发户的嘴脸，借此跃然纸上。

读清代文学家李渔的《闲情偶录》，内中有这样的记载："菜有色相最奇，而为《本草》《食物志》诸书所不载者，则西秦所产之头发菜是也。"就是说，发菜这种东西，入不了中原传统本草书册，一直都是边缘角落里的怪物。

发菜主要生长在内蒙古、甘肃、宁夏和青海。作为藻类植物，它们不喜太旱，也不喜太湿；不喜太阳光，也不喜太阴暗，一般是躲在草丛之下讨生活。因此，收集发菜使用的动词是"搂"，有一种搜刮的含义。相关宣传材料说，搂发菜对自然环境破坏极大，采集二两发菜，要毁掉十六个足球场那么大的草原，而且搂过发菜之后的地域，"十年寸草不生"。这么说，肯定夸张了，搂菜而已，又不是投放生化武器或核炸弹，怎么可能那么严重呢？

一直觉得，这种夸大的表述，也是一种很糟的八股文风，在环保宣传领域里很流行。比如，从小学起，我就读过不少有关土地沙化的文章，说在西北地区，沙漠不断推进，一年损失好几个县。如今想来，照他们当初说的那种速度，我长到这么大了，中国不是应该早被沙漠全部占领了吗？还有，说青藏高原的冰川在缩进，每年若干米，如此下去，不出二十年，念青唐古拉山上的雪就化没了。可一个二十年过去了，又一个二十年过去了，冰川在，雪山也在，相关话头却再没有人提起了。

为了引起大众对环境保护的关注，语气重一些是对的，但是故意扭曲夸大部分信息就不好了。其结果，反而会让人变得逐渐麻木，连基本的关心都懒得付出了。不管二两发菜会毁掉多少个足球场，严格禁止食用，无疑是正确的。要知道，发菜并没有什么特别的营养，让环境付出那么大的代价，的确不值，这种道理，我们都应该听得懂。

第一次真正见发菜，是在以"无影脚"知名的佛山，禅城岭南天地旁一家粤菜馆里。接待方特意交代，这一天要吃的发菜，是人工种植的，因此不存在违法的问题。可是这道菜，料理得实在太出色了，看起来简直和人的头发一模一样，因此我不仅拒绝吃，而且还尽管避免看。刚记事时，我见过三通河中一位溺水的女子，她一头乌黑的长发，就是这样漂在水面上的。

酒至兴奋处，就着发菜的话题，一位非广东籍的老兄开腔为广东人鸣不平。他说，吃发菜，是历史悠久的文化传统，现在东南亚一带华人过春节，第一道上桌的菜，还是发菜。大年夜，吃发菜，不过是为了讨一个好兆头，因此发菜消耗量并没有多大。他指出，是全国人民突然一夜之间爱上了发财，然后同步向广东看齐。广东人把家具叫"家私"，全国跟着叫"家私"；广东人喜欢数字八，全国跟着喜欢数字八；广东人爱吃发菜，全国又跟着吃发菜。由此，需求量大增，才终于造成了生态灾难。而现在你把板子只打在广东人或香港人屁股上，是有失公允的。

听起来，他讲的，好像有几分道理。我感觉，自己的筷子在不自觉地向发菜方向移动。要不然，我也下决心尝一小口试试？

狗尾草迎风苍茫

作为城里娃，我的朋友麦小迈说，他们小时候会在盛夏时节到公园拔狗尾草的茎吃，有甜汁，像最微型版的甘蔗。对此，我公然表示嘲笑，并油然而生乡下娃的自豪。我们小时候，有甜杆可吃，有高粱秸可吃，最不济还有黄绿的玉米秸可吃，谁屑于把干瘦的狗尾草放进嘴呢？当然，台湾的一些野菜书就更过分了，居然收录了狗尾草，说台东大山里的太鲁阁人会用狗尾草根来煮汤。

所谓狗尾草，顾名思义，有蓬松的穗儿酷似小狗尾巴，在我老家被称为毛毛狗。我们百玩不厌的一个恶作剧，是掐一根毛毛狗，悄悄搓小伙伴的后颈，会把他吓得一蹦三尺高，以为遭到了毛毛虫的袭击。有一次，小伙伴们一起闲聊吹牛，不知哪一个说起，把毛毛狗放进嘴，它会自己往嗓子里钻，一旦钻进去拿不出来，人就死掉了。我们齐声大笑，声震树梢，怎么可能有傻子干这种事儿呢？说笑一番罢，我们各自回家。快到大门口时，我突然心生不信邪念，随手揪下路边一尾毛毛狗，直接塞进了嘴。啊，果然，它像毛刷一样的芒刺，顶在内腮上，只要嘴巴一开一合，就会推挤它往喉咙深处移动。我吓坏了，大张着嘴，食指贴着舌面深深抠进喉咙，用迂回的方式，迎头把它拽了出来。一阵恶心让我弯腰低头干呕了半晌，满口酸水像黏条一样从嘴角往下淋淋漓漓。

第二天，小伙伴中好几个家伙和我一样，脸上藏不住古怪的笑。由我起头，最后有一半人承认，自己忍不住把毛毛狗放进嘴试了一次。我们一致同意，毛毛狗自动往嗓子眼儿里钻这件事是真的。因此，多年后，看一个故事讲，有人不信邪，非把灯泡塞进嘴不可，结果真就拔不出来了，不得不去医院求助。出租车司机嘲笑他，医院值班医生嘲笑他，可最后，司机与医生，也都忍不住把灯泡塞进了嘴。我从来不认为这是个笑话。人类的好奇心有多强，有时连我们自己都未必知道。

美国电影《八月迷情》因情节低幼收获无数诟骂，可影片开头的场景，却让我迷醉。大片田野，呼啸劲风，一位少年，闭目扬臂，万千麦棵，为之起舞。少年时的我，对山谷里的狗尾草，同样没有抵抗力。山风掠过，它们假装低伏一下，随后便若无其事地起身。风向一偏，叶片翻转，无边绿浪仿佛又蒙上了一层白霜。那种淡定的苍茫，为什么让我如此心动？是因为草茎的无尽起伏，与我的心跳合拍吗？是因为草叶的颤抖挣扎，更接近一种无我的自在吗？不，那时的我还想不起那些凄美的词，比如孤独或寂寞，比如离别或远行，我好像只有一种隐隐的渴盼，那就是忘记世界，忘记时间，或者，被世界遗忘，也被时间遗忘。一个乡下少年，就这样避开伙伴，长时间呆呆地守望在草海边，如果没有人打扰，可以从清晨一直看到日暮。这样的举动，当年可曾让父母有过担心吗？

英国作家查尔斯·科瓦奇在《植物》一书中说："草是一种完全只努力向上生长的植物，就好像它只想变成茎而已。"是这样的，狗尾草一向义无反顾地拔节再拔节，扬头越过一切麦子、谷子和稻子，最终的结果就是良莠不齐。莠，即狗尾草。我一直认为，这一句成语，其实是对狗尾草的最高褒扬。比如在任何一片田野，如果丝毫不加人工干预，良的谷子或麦子，一定长不过莠的狗尾草。只两三年，这片土地就将被狗尾草全部占领。因为谷子或麦子，是人类选择驯化的物种，他们最讨人类欢心的特点，就是种子长在穗儿上不易掉落，如果没有人类代替播种，它们已然丧失了自己传播种子的能力。

狗尾草却不然，它从来只靠自己，也只能靠自己。没有美丽的花，没有多肉的果，它把所有的能量，都给了种子，然后再把种子交给风。狗尾草的种子会休眠，最长可过百年。谁也不知道哪一颗种子在什么时间苏醒。这样，万一有一些种子醒来时遭遇环境恶化死掉了，另一些种子就可以等到环境改善时活下来。由此，种的延续将得到高精度的保证。不动声色的狗尾草，如此狡猾而神秘。因此，一位诗人说："草在结它的种子，风在摇它的叶子。我们站着，不说话，就十分美好。"

龙须菜三种

使用"龙须菜"这个词一定要小心，否则容易让人陷入混乱。据我所知，至少有三种植物，被冠以"龙须菜"的别名。因为所处地域不同，它们彼此倒也不会掐架。野豌豆尖可以是龙须菜，江蓠也可以是龙须菜，而在我老家东北，龙须菜则指一种野菜，学名山芦笋，花名鞭杆子菜。

重庆作家曾珍说，野豌豆尖就是《诗经》里所写的薇，"采薇采薇……杨柳依依"。关于薇到底是哪种植物，素来说法不一。传说中的商朝灭亡，孤臣伯夷与叔齐拒吃周朝小米，靠采薇为食，所以我比较接受薇是分株紫萁，又名牛毛广，肉质肥厚，比较经饱。不过呢，如果薇果真是野豌豆尖，倒也更容易理解，伯夷与叔齐为什么最终饿死在了首阳山上。

薇字多见于女性的名字，一般用以寄托温婉娴雅。而野豌豆作为藤蔓植物，其特性就是缠绕一切可以缠绕的东西，村头的篱笆与灌木，田间的麦秆与野蒿，只要它抱住了一条大腿，就一路扶摇直上。这样的一种形象，恐怕很难从中体会到龙的尊贵高标，以及薇的清丽脱俗吧。

说江蓠也叫龙须菜，野豌豆尖不会有意见，鹿角菜却可能不乐意。不过，江蓠与鹿角菜，同为红藻门杉藻目，可被视为堂兄弟，所以分享同一个名字，也就相当于一起跟爷爷的姓了。

江蓠在山东产量很大，既野生，也养殖，日常食用之外，主要是用来提炼卡拉胶。这种胶作为悬浮剂，用途广泛。比如那种生鲜饮料，颗颗果粒凭啥均匀浮在瓶中而不会沉到瓶底呢？就是依靠卡拉胶的凝固作用。卡拉胶有机环保，价格不菲，所以若干年前，台湾有两百多家企业涉嫌在饮料及蛋糕中使用化工产品塑化剂替代卡拉胶，引发全岛舆论哗然，被称为台版"三聚氰胺事件"。

至于李时珍《本草纲目》所钦定的龙须菜到底是不是江蓠，一直让我迷惑："生东南海边石上，丛生无枝，叶状如柳根须，长者尺余，白色，以醋浸食之，和肉蒸食亦佳。"单看生长环境，像是江蓠，可江蓠的颜色，分明是紫褐或紫黄的。至于广东客家人把番薯叶也就是地瓜叶称为龙须菜，这个实在是有点捣乱了。

在世界卫生组织推荐的十大蔬菜中，芦笋排第九，土豆却没入选，因此公信力有些令人生疑。法国植物学家贝尔纳·贝尔特朗所著《催情植物传奇》说，在法国人的观念中，芦笋代表雄性欲望，因为它的形状像方尖碑一样傲然挺拔，天然一副雄起的模样。法国大革命前，在巴黎红灯区，"去找芦笋"一度是卖笑女们的暗语，意思是该抬起屁股到街边拉客了。

读闲书，常为十九世纪法国国王公开拥有情妇而困惑，那些女人的丈夫怎么能容忍呢？后来才明白，"情妇"的译法误导人。当时的法王，愿意在名义上尊重一夫一妻制，不再像从前一样在后宫收纳成百上千的嫔妃。但是，谁也挡不住他们有编外嫔妃。如著名的"非合法统治者"杜巴利伯爵夫人，本是巴黎著名交际花，先成为法王路易十五的地下情人，后为显得地位匹配，才假装嫁给了一位伯爵。实际上，这位杜巴利伯爵想见上杜巴利伯爵夫人一面，并不比觐见法王更容易。据称，杜巴利伯爵夫人给路易十五做菜，如果上顿是朝鲜蓟，下顿就一定是芦笋，配鹿肉或山鸡肉。

有时，我还难免暗有三分不解，你说野豌豆尖有细长的丝毛张牙舞爪，与传说中的龙须当然相像；江蓠丛生，迎浪摇摆，也可以理解为蛟龙的胡须。可山芦笋单根直立，不枝不蔓，与龙须哪里能沾上边呢？还是同事李庆玲聪颖，淡淡一语，就替我解开了疑惑："芦笋本身，就是粗龙须啊。"

怪名三种

我现在的麻烦是，不记得在哪本野菜书里看到的"西班牙王不留行"了，只记得作者是一位名字好长的老外。因为当时要赶其他急事儿，所以我在笔记本上潦草写下了这样一行字："又名乳牛草，中国宫廷花园中常见。"

可随后，多方查找"乳牛草"而不得，更别提"西班牙王不留行"这么怪的名字了。"王不留行"倒是有典，说王莽新朝末，邯郸人王郎趁乱称帝，并追杀另一位称帝者刘秀，兵马过"药王"邳彤家乡，邳彤率族人坚壁清野，没给王郎留下一颗粮、一滴水。正是此次进山躲藏，让邳彤意外发现了一种可吃的新植物，于是纪念性地命名为"王不留行"。

另一种说法则是，隋朝末，李世民与杨广血战，伤员众多，急需救治，恰有民间医者吴行献草药，止血有奇效。李世民担心敌方也用这种草药，便偷偷杀掉了吴行，即"王"不留"行"。两种版本，听起来都不免牵强，但李版还相对有那么点意思，而且李世民的行为，也与他弑兄诛弟的做派正相吻合。

"王不留行"已经这么乱了，再戴上个"西班牙"的帽子，我脑海里突然闪过一个念头：不会是老外编造出来的吧？类似的怀疑，其实还有一个实例，那就是法国哲学家福柯写《词与物》，说阿根廷作家博尔赫斯曾引述"某种中国百科全书"，里边对动物进行分类的标准异常奇特，如属于皇帝的动物、美人鱼、臆想的动物、自由的狗等。一直都没见谁认真考证过，这"某种中国百科全书"到底是什么。因此我一直想说，福柯与博尔赫斯，两个人中可能有一个，在利用信息阻隔编造细节。文人为了更加有趣地说明问题，有时会使用这种偷懒的小花招，如果原则上无伤大雅，倒也不排除平添佳话。

　　相比之下，"刘寄奴"的典就清晰多了。说的是南北朝宋武帝刘裕，在行军途中射伤巨蛇，后遇一群半仙模样的青衣童子，用一种野草为巨蛇疗伤，于是刘裕抢下野草，给自己受伤的兵士施治，结果也是对止血有奇效。众人感恩，强烈主张把刘裕的小名"寄奴"赐给这无名的野草。宋代诗人辛弃疾词句"斜阳草树，寻常巷陌，人道寄奴曾住"，说的就是这位小有作为的"南朝第一帝"。

　　"刘寄奴"又名乌藤菜，或九里光，然后，加上一个地域限制，广东刘寄奴，就完全变成另一种植物了，学名白苞蒿，又名鸭脚艾。这其间有什么故事或道理，不知会不会有植物民俗学家能够解释清楚。

　　蓟于我而言，并不奇怪，而是陌生，前边冠以"朝鲜"字样，才一下子变得怪异起来。朝鲜蓟又叫法国百合，十九世纪末由欧洲传入中国，第一站落脚上海，第二站传到仁川，而日本人是从朝鲜引进的，以为属于朝鲜产品，于是称其为"朝鲜蓟"。久而久之，连中国人也跟着偷懒一起叫了起来。

据法国植物学家贝尔纳·贝尔特朗考证，在古希腊和古罗马，不允许女人吃朝鲜蓟，它是男性专用野菜，多吃的话主生男孩，不知道有什么道理。贝尔纳还说，十八世纪的法国人也相信，朝鲜蓟对男性有功能性的好处。什么理由呢，据说，处理朝鲜蓟，要把外围的花瓣一片一片剥掉，才能食用中心的花蕾，而这，不正像把一个女子的衣服一件一件脱掉吗？期待借通感包治百病，看来早年的法国人也这样干过。

美国作家梭罗说，朝鲜蓟的生育力特别强，一颗种子繁衍五年，如果植株全部成活，会有七千九百万亿棵，不仅可以覆盖整个地球表面，就是覆盖太阳系任何一个星球，都不成问题。

第八辑

天降零食

谁能看见黑色的星星

七八月份的玉米地或高粱地，总是一眼望不到尽头。风很难挤进田亩深处，闷热是我们早已预知的。玉米或高粱的青葱叶片用锋利的边沿，划过我们的脸颊和手臂，留下看不见的隐隐伤口，要等到热汗成河，火辣辣的疼痛才会让我们一口接一口地倒吸凉气。

但是，我们已经顾不上这许多。经过头锄、二锄之后，田垄间杂草稀疏，侥幸存活下来的天天儿，往往棵大势壮，这也是我们知道的。按照惯例，小伙伴们每人承包五六根垄，间隔在三米左右，齐头并肩，缓缓向前推进。我们就像一根根活动的梳子齿，要把这一片青纱帐摸透翻遍。

不管是谁发现了天天儿，都会发一声喊，前后左右的小伙伴就像兔子一样穿过层层叠叠的玉米叶或高粱叶，迅速围拢上去。没有人多说话，每个人都不服输，熟透的黑天天儿就挂在那里，双手齐上才能比别人摘得更多。气氛紧张，一时仿佛小小的战场。但是，从来没有人吃独食儿，发现了天天儿却不言声。野物与独食儿不兼容。小小年纪，我们就明白这样的道理。

每个人手上紧握的天天儿盛具，都是大号搪瓷茶缸。铁胎，瓷釉，侧面印有壮年工农兵头像，他们脖子上缠着白毛巾，腮部肌肉紧绷，自有一股豪迈无情的革命气概。这是一种非常万用的器物，刷牙、喝茶，甚至当饭盆，全可以是它。即使周身被磕碰得伤痕累累，外层陶瓷已经斑驳脱落，也丝毫不影响它的使用寿命。

一棵秧子上的天天儿摘净之后，我们起身迅速散开，各归原位，重新走成一根根长眼睛的梳子齿。最盼望的，是遇上大奶天天儿，乳黄色的果实，甜之外，又格外香，是天天儿中的极品。如果有人发现了这样一棵秧子，从他的呼喊声就听得出来，格外兴奋，格外高亢，有时甚至显得凄厉。

往往要等到太阳偏西，我们才恋恋不舍地告别青纱帐，小心地护着几乎满杯的茶缸，跨过田埂，趟过溪水，回到村头的小河旁。我们沿着堤岸一字排开，稳稳地坐成一堵短墙。夕阳又大又红，淡云被镶上了金边，我们集体开动吃天天儿，仿佛一桩神圣的古典仪式。

没有亲身体验，你永远无法理解，一颗一颗摘天天儿入口，和像我们这样用茶缸往嘴里倾倒，二者之间存在多么巨大的差别。数十颗黑天天儿同时挤进温暖的口腔，牙齿最先兴奋起来，野蛮地上下切割，天天儿躲闪不过，互相簇拥着集体破碎，声动牙床，而激流般的甜水，已给舌头带来忙不迭的眩晕感和幸福感。

那时，我们还不知道，天天儿有个非常高贵的学名，叫龙葵。我们更不知道，在遥远的南方，天天儿秧居然被当成菜品，可以进锅上桌。江西有朋友说，天天儿叶子可以煮汤或凉拌，果子则被小娃娃拿来打野仗。台北作家方梓也说，原住民阿美人视龙葵为第一野菜，与蜗牛一锅煮汤，味道鲜美异常。方梓的亲身经历则是，中学应付考试，累到牙龈红肿，母亲会给她煮龙葵汤，加少许盐，少许油，苦中带甘，啜饮一碗，疼痛立消。

有人说，没熟的天天儿含龙葵碱，多吃会中毒。可以断定，这样说的人，十有八九没见过天天儿。因为没熟的天天儿又酸又涩又苦，谁会肯吃呢？好像有过一部电视剧，里边的公主名叫龙葵。看起来，编剧可能也不知道龙葵是什么，否则，谁家的宝贝公主会起这样一个贱草的名字呢？

天天儿分布广泛，各地俗名千奇百怪。河北沧州叫野茄子，山东德州叫野葡萄，内蒙古内阿尔山叫烟黢，河南开封叫甜李蛋，辽宁大连叫黑悠悠，台湾花莲叫黑鬼菜。福建厦门一位朋友说叫太阳花，这个严重存疑。而四川成都叫野辣椒，还是有道理的，因为整株来看，天天儿从茎到叶，与辣椒十分相像。黑龙江哈尔滨呢，叫黑星星，则在逻辑上存在问题。试想，黑色的星星，必定与夜空融为一体，我们哪里还有机会看得见呢？

菇娘心理学

在东北乡下，正经过日子的好人家，远远溜一眼房子，就看得出来。深秋季，他们的屋檐下，一定挂满了五颜六色：金黄的，是玉米；雪白的，是黏玉米；深绿的，是萝卜缨；紫黑的，是茄子干儿；红彤彤的，除了辣椒，就是菇娘。

在白山黑水间生活过的人会了解，标准的东北爷们儿，绝不像赵本山；他们最大的特点，反而是沉默寡言。守在家里，他们的旱烟味再辣，也熏不跑腿边那条温顺的黄狗。走出门外，他们最贴心的伙伴，要么是大树，要么是远山。他们关心雨水和收成，他们亲近蕨菜和蘑菇；他们的心里，满满铺排着庄稼和节气。母亲和孩子前一晚闲聊，说山沟里的菇娘该红了，都没谁留意父亲是不是听到了，第二天一早，他就已经蹚着露水把一大串红菇娘采回家来了。

菇娘泛红之前，主要是女孩子的玩具。在炕头欻嘎拉哈玩腻了，她们扯来一枚青菇娘，先用手揉，揉得软到不能再软了，然后从妈妈的线筐里翻出细针，从青菇娘的蒂把处捅进去，耐心地小心地搅和，把里边的果肉全部划碎，同时也把细筋全部挑断，所谓螺蛳壳里做道场，说的就是她们。所有的籽、肉、筋都被一点点掏出来之后，原本饱满的青菇娘，现在只剩下一张空空的薄皮。把这个空皮放进嘴里，调动舌头，让它先装满空气，再用上牙与下牙轻轻地把空气咬出去，它就会发出吱吱的响声。

这是非常考验人的一项工作，一不小心就捅破了，或挖豁了口，几乎没有几个孩子能顺利成功。因此，咬菇娘在你听来，可能不过是在发出单调的噪音，可孩子们却相信，那是她们亲手制造出来的仙乐。

菇娘又是有欺骗性的，即使红透了，也不好吃，必须要经历初冬第一场霜的加工。为什么经霜以后就可以吃了？我一直没有查到权威的说法，看来科学家们都有大事要忙，一时还顾不上研究这种小事。但依我的经验，即使经了霜，红菇娘也不算十分好吃，甜酸之余，难去微微的苦，顶多算能吃了而已。

等待红菇娘经霜之后再吃的过程，用心理学术语来讲，叫延迟满足。这是一种稀缺的能力，并非每个人都具备。最常见的，是知道自己根本没有耐心等，也就不去费力地摘红菇娘了。又或者，突然有一天想起还有红菇娘扔在房顶等待经霜时，它们已被大雪埋住半个冬天了。

红菇娘之外，另有一种洋菇娘，也叫大鼻涕菇娘，不需要经霜就很好吃。最外层半透明的果衣包裹着浅黄色的外皮，甜，还有一股浓浓的奶油香。咬破外皮，比果冻略稀一点的汁液会自动流淌出来，就像挂在小娃娃上唇的大鼻涕一样。

红菇娘的学名，据说叫酸浆。在台湾，则叫灯笼草。说起来，菇娘的另一个名字绛珠草，才大不一般，凡爱《红楼梦》的人，没有不知道的。按曹雪芹写来，林黛玉的前世即为西方灵河岸上三生石畔的绛珠仙草，因为受赤瑕宫神瑛侍者每天殷勤的甘露灌溉，得以久延岁月，并脱去草木之胎，幻化为人形，修成了女体。

随后，当神瑛侍者下凡投胎时，绛珠仙子也追随而来，要用一生的眼泪，报答当年的灌溉之恩。这么算起来，相当于用自来水换取等量的泪水，贾宝玉可是赚大发了。只不过，林黛玉既不是水仙，也不是百合，而是这么平凡的野草，当年的曹雪芹该有多喜欢菇娘？他这么设计，考虑过林黛玉众多拥趸的心理承受力吗？

实际上，红菇娘里的"娘"，是没办法才借用来的。这个字要读三声才对，可在汉语当中，这个音的三声，根本就没有一个对应的字！

我说的不是你想的麻果

必须先声明，我所说的麻果，与暗黑界通称的"麻果"毒品全然无关，而是一种天然无害好吃不花钱的野生零食，即苘麻的果实。

本来我以为，苘麻是北方特有的物种，没想到，全国各地到处都有它的踪迹。江苏镇江作家李军在《那时花开》一书中把麻果的特征描绘得很准确：半球形，侧部有齿轮状花纹。而且李军还说，镇江人会采摘苘麻刚冒出地面的嫩芽，用水焯过之后拌凉菜吃。但在我想来，这样吃苘麻有一定的难度，因为大多数野地植物初生时，都长得差不多，一根白茎，顶两丫小绿叶，并不容易清楚区分的。

在韩国，山野或路边偶尔也能见到苘麻，我每次都不会放过摘几棵麻果。如果是和女儿在一起，请她品尝白白的果仁之外，又免不了要痛说革命家史，讲起小时候和伙伴们一起吃麻果的故事。一旦遭到女儿的抗议："这些我都听过一百遍了！"我会识趣地转而与她讨论麻果的味道。我们曾一致认定，麻果既不是苦涩，也不是酸涩，而是一种甜涩。"甜涩"这个词，如果此前还没有谁使用过，就算我和女儿的共同发明吧。

在我的老家，野生苘麻之外，还有一种生长在大田里的苋麻，它细长的植株高过成人的头顶，深绿的茎秆有纵向的沟棱，等到小小的白花开过之后，会结出一团一团的麻籽。这种籽，也曾是我们的零食。比针鼻大不了多少的麻籽油光闪亮，有一种特殊的香味，吃多了，会头晕，并且表现兴奋。如今想来，这是不是已接近吸毒的症状了？但当时，我们知道的不多，想得也不多。据说，这种麻籽原来用于榨油，点麻油灯，不过那已是用电之前很久的事情了。

当然，老家种苋麻，主要还是为了生产麻线。时至深秋，麻叶枯萎，麻秆泛白，农民们会把收割下来的苋麻整捆整捆浸进水塘，这叫沤麻。有专门的技术人员天天巡查，如果沤得刚刚好，麻线会干净利落地从麻杆上脱落。将这些麻线捋直梳顺，就可以拧麻绳、编麻袋，或者织麻布了。韩国人直到今天还热衷于穿麻衣套麻鞋，可我跑过汉江南北不少地方，却从没发现哪里有种麻的田。

俗语有"麻秆打狼，两头害怕"，其中的麻秆，就指这种经过水沤之后脱去了纤维外皮的细棍，白白的，直直的，几乎迎风即断，用来打狼，实在不顶用。英国作家理查德·梅比在《杂草的故事》中说，英格兰乡间早年也曾大面积种植苋麻，他介绍的沤麻方法，与我老家几乎相同。但是现在，苋麻已遭全面限种，梅比曾向有关机构申请实验性种植，结果未获批准。

这样想来，苘麻和苋麻，与传说中的大麻，都应该有不远的亲缘关系。据称，大麻在欧洲，原本也只用于纺织，不知哪个好事者，发现了麻叶的兴奋作用，这才让它蒙上了软毒品的恶名。吃苋麻的麻籽，会有兴奋的反应，那么用它的叶子卷烟抽的话，会怎么样呢？幸好，印象中，老家的十里八村，还没听说有人试过。

　　相比之下，苘麻要温和得多，低调得多。它阔大平直的叶片上，长有微微的细毛，摸上去像天鹅绒，手感舒服极了。这样的叶子，怎么可能有毒呢？苘麻的花，是一种好看的明黄，可惜太小，几乎微不足道。说起来，它与芙蓉、木槿和扶桑一样，都属于锦葵科，它应该是其中长相最为平凡的。同时，苘麻也从来没有进入过麻线生产领域，感觉上，它的纤维太粗糙，应该是脆弱易断。

　　最近一次吃麻果，是在深圳的茅洲河畔。听新闻中说，这条河的治理已初见成效，于是兴冲冲地赶去实地踏访。可眼前所见，依然是一河浓汤。如此美丽的一座城，大小动脉里流淌的血液如此肮脏，想想还真是让人难过。幸好堤岸之上生有大片苘麻，顶着绿莹莹的新鲜麻果。我随手摘下一枚，掰开，将嫩白的果粒送进嘴，淡香如旧，甜涩如旧，仿佛让我在片刻间回到了山清水秀的北方老家。

望酸止渴

按我老家的方言土语，人字发银音，热字发叶音，洋铁叶子就一向被讹称为"洋企叶子"。从我们懂事起，就被家长一遍又一遍地告诫，洋铁叶子是一种东西，洋铁叶子酸儿是另一种东西，绝对不可以混淆。因为后一种可以吃，前一种连猪和羊都会躲远远的。

洋铁叶子学名皱叶酸模，夏天开大串大串的绿花，样子与榆钱极为相似。到深秋，绿花变红，完完全全是一种铁锈的颜色，故名洋铁叶子。花片内部，实际上包有种子，因此软中带硬。这一点，也和榆钱一样。老家乡下，一般用这种干花做炕上枕芯。但在我看来，用它来填充抱枕，才更合适，一朝柔软入怀，终日瑟瑟作响。

那么洋铁叶子与洋铁叶子酸儿怎么区分呢？远看，前者粗笨茁壮，后者秀气挺拔。更明确的标准则是，前者的叶片与叶柄之间，是丘陵般的平缓过渡；而后者，叶片遇到叶柄，陡然出现左右对称的豁口。简单来说就是，洋铁叶子酸儿的叶子像箭头。

一直认为，洋铁叶子酸儿是最为纯正的酸。所谓纯正，可以用一句废话来表达：它就是酸本身。除了它，其他的酸，都可以加上限定词。比如最常见的米醋，是沉郁的酸；偶尔可见的醋精，是轻浮的酸；还有山楂，是重浊的酸；还有柠檬，是轻逸的酸；以及百香果，是洋气的酸。总之，在洋铁叶子酸儿面前，它们统统都是酸的衍生与分支。

因此，年少时上山采蕨菜，只要遇到洋铁叶子酸儿，我们一定不会放过。但是采多了，回到家里容易招父母骂。你上一次山，拎回来半筐蕨菜、半筐酸儿，显得也太没正事儿了！

除了洋铁叶子酸儿，我们对狗尾巴酸儿和拉拉秧子酸儿也有依赖，最直接的原因是当时缺乏方便携带的装水器物，不像现在，各种塑料瓶随处可得。我们上山采菜或捡蘑菇，渴了想喝水，最高级的用具，是那种草绿色的军用水壶，造型扁扁的，用一根同样草绿的背带斜挎在肩上，特别贴身。这种几乎带有半武器性质的宝贝，只在退伍军人的家里才可能有，因此金贵得很，罕见得很。谁要是拥有了这样一只水壶，几乎可以短时间内篡夺孩子王的王位。

没有水壶的我们，就只好把酸儿当成水分的唯一来源，向荒野或大山进发。但实际上，望酸止渴或吃酸止渴，都不能真正解决问题。一口气翻过三道山梁，流出大量咸津津的热汗之后，吃再多的酸，也难解心头焦渴。感觉上，酸儿不过是刺激你、哄骗你，让你把嘴里原有的水，咽进了胃里而已。那种渴本身的难过，根本不会自动消失。

那种时候，最盼望的，还是无色无味无形无状的清水。于是，有人会不管不顾地找来芦苇秆儿，用一个细木棍把中腔捅穿，一头含在嘴上，一头插进沟塘子里，喝那些积存的死水。我从来不敢跟他们一起喝，因为我曾仔细观察过，在各类浮萍和水草之下，水不动，水里却有无数的小虫在动，它们不停地首尾一折一扣，好像在为什么难言的痛苦而拼命挣扎。

在我老家，多是土山，因此长到十几岁，我都只在书本上知道，这个世界上有泉水。后来到了韩国，发现无论是首尔大学旁边的冠岳山，还是远在庆尚南道的智异山，全部巨石嶙峋，泉眼密布，其水清冽甘甜，大可放心饮用。在韩五年，我最羡慕韩国人的，就是这一点。

扛板归

在韩国京畿道南扬州市花道邑仓岘里，我家附近的小山低缓平阔，非常适合长途散步。有一天，爱人和女儿在山腰的小径旁注意到了一种爬藤植物，有浅绿色三角形叶片，赤红的梗上密布细细的尖刺，而茎尖挤作一团的小粒果实，则是亮闪闪的宝蓝色。

我不动声色，揪下一串蓝色果实，再添上几片鲜嫩的叶子，直接塞进嘴里大嚼起来。女儿瞪大了眼睛："这个也能吃？"我又摘下一串，递给了她。她一向信我，毫不犹豫地吃了起来，然后大叫："好吃！"那一刻，我在心里暗暗得意地嘀咕：有个有乡村背景的老爸，还是挺幸福的吧？

我这样想，还真不算吹牛。在田间地头，我随时可以给女儿找到麻果吃。在山间林畔，我稍加留意就能带她发现味道好闻的细辛。在河滩水边，我还会用芦苇叶三下两下编出一艘小船，连冲天的桅杆都惟妙惟肖，放到水面，就可以顺流航行。我掌握自然的一部分秘密，这让我有时会生出一种让自己心安的力量，从而减轻对城市的惶恐感。我相信，一个人如果从小生长在乡村，那么他的实际身份就将永远是乡村人。这是我的血统论。爱人经过多年观察也发现，一旦看见熟耕地或野草滩，我的眼睛就会自动放光，脸上的表情马上变得柔和起来。

我给女儿吃的这一种酸儿，在东北老家叫拉拉秧子。这里的"子"不可以随意省略，因为"拉拉秧"另有其物，学名律草，又称拉拉藤，其繁殖力之强，生长之迅速，会让周边的野草全无活路，因此被视为毒草。拉拉秧子则要温和得多，它三角形的叶片，非常像耕地用的铧犁，所以又名"刺犁头"。它的葡萄状果实，总是被一片漂亮的圆叶贴心地托举着，很容易让人联想到英国维多利亚时代的贵族，他们高高的衣领，像荷叶边一样环衬着戴有假发的头颅。有资料说，拉拉秧子的英文名称是这样的意思：一分钟可生长一英里的野草。后来我特意查了一下，此说不确。

孩提时代，我们常会因为闹意见起冲突，而给自己设定一些仇人。闲下来时，我和小伙伴们非常乐意集体讨论整治仇人的招法。其中最残忍的，是把一种叫"洋刺子"的蜇人毛虫晒干，碾成粉末，趁仇人不注意时撒到他后脖领子里，这会让他全身奇痒无比。这是传说，没有人试过。还有一种，是把水蛭晒干，碾成粉末，偷偷丢到仇人家的水缸里，转天就会繁殖出成千上万条小水蛭来。这也是传说，没有人试过。而最令我们感觉痛快的，是把拉拉秧子的长藤按到仇人的手臂上，使劲一拉，会生生撕下一条皮和肉。吹牛不上税，想想不犯罪。白日梦有助心理健康，那么小的时候，我们就已经无师自通了。

传说拉拉秧子治蛇毒有奇效，曾有一位贫穷樵夫被蛇咬伤后倒地不起，家人用门板送葬，巧遇一位神医，随手扯两棵路旁的拉拉秧子施治，立时让樵夫起死回生。只见樵夫爬起来，自己扛上门板就走回了家。由是，拉拉秧子有了一个神奇的别名：扛板归。当然，不会有谁真相信它有这般神效，但通过这样的故事，它却获得了一个动词词性的名称，这很有可能是植物界里的唯一。

韩国行政区划的名称，一直使用古汉语。道，相当于省；市，相当于县；邑，相当于乡；里，则相当于村。拉拉秧子的韩语发音，近于"巴粒拉"，我就经常想，这会不会同样是它的汉语古音呢？

百分之五不足

　　一直没能查到狗尾巴酸儿的学名，这让我多少有点闷闷不安。在东北，狗尾巴酸儿与蕨菜同期萌芽，其实它长得并不像狗尾巴，那一根细鞭子的模样，更像小号芦笋，但与芦笋不同的是，它的顶端聚生有一簇细叶，远远望去，又像一束小小的绿色火把。

　　少年时，在大山深处，如果遇到洋铁叶子酸儿，我们绝不会放过。但见了狗尾巴酸儿，除非特别嫩，或特别绿，否则我们懒得向它伸手。因为论起酸味的纯正，它可比洋铁叶子酸儿差远了。好的酸儿，讲究酸得人睁不开眼睛。狗尾巴酸儿，绝对达不到这种程度。它有酸，却不往喉咙深处走，顶多到达舌根，就自行消散了。韩国人评价什么东西欠最后一点火候，爱说"百分之五不足"。狗尾巴酸儿的表现，正好是百分之五不足。

　　面对一件事情，人们常说，好的开头，等于成功的一半。这绝对是哄人的谎话。即使你真的走到了一半，离成功目标也还差得远呢。最后百分之五，或者说，最后一公里，才是瓶颈，才是事情成败的关键。你看连这么一种酸儿，如果百分之五不足的话，都容易在山野里遭遇嫌弃。

想一想人类也真是奇怪的物种，香之外，甜之外，还喜欢酸。那么，酸到底是什么呢？狗尾巴酸儿的酸，与米饭馊了以后的酸，有什么不同？在诊所里洗过的牙见风发酸的酸，与走路太多浑身酸痛的酸，又有什么不同？现在看来，找不到狗尾巴酸儿的学名，根本不算什么大问题，找不到"酸"本身的定义，才真正应该是让我们无法接受无法容忍的。

但退一步想，这也没什么不可容忍的，香怎么定义？甜怎么定义？苦又怎么定义？尤其是鲜，难道不是从来就可意会不可言传吗？

有专家分析，人体对酸的需求，可能是基于食物中大量含有的钙。在长期的饮食历史上，祖先们凭经验发现，钙质容易在体内沉积，形成结石。而酸味食物，则有利于减少结石病的发生。但专家同时还说，酸味与酸性，又是不同的概念。酸味的蔬菜与水果，本身却是碱性食物，对身体较为有益。而蛋、奶及肉类，即使不酸，也属于酸性食物，对身体的益处相对较少。

如果我们不想从阴谋论出发，说专家用这种有悖常理的方式来规定"酸味"与"酸性"，是为了独占话语解释权，那么我们就只能说，理科生出身的科学家们在命名的问题上，表现得实在是太笨了。

说起全国各地的口味习惯，我的观察心得是，广东广西爱甜，山东以北爱咸，四川与贵州代表的西南偏辣，山西独当一面的西北则偏酸，总括起来，准确的说法就是：南甜北咸，西辣西酸。至于东部的江浙沪闽一线，素来追求清淡，如果你实在不喜欢，也可以说他们各味都有，又各味都嫌百分之五不足。

扯得有点远了，那是因为我现在已经打算放弃寻找狗尾巴酸儿的学名了。在植物学界，即使是权威专家，所认识的物种也十分有限。全世界共有植物四十万到五十万种，就算你从出生那天开始，每天坚持认识十种左右，那么想把全部植物看上一遍，也至少需要一百年。

我是高粱杀手

少年时代，有三件事我从来做不好。第一件是玩弹弓，第二件是钓野鱼，第三件就是打乌米。打乌米的"打"与打人的"打"意思完全不同，是寻找、辨识、采摘的意思。乌米呢，则是高粱结穗时受真菌感染发生病变而生成的一种棒状物，在生物学性质上，与木耳、蘑菇相似。

不会打，又不甘心，只好乱打。每次跟小伙伴闯进高粱地，我都暗暗心怀轻微的犯罪感。仰头看，哪棵都像乌米，又哪棵都不像。常常是，下定决心选中了一个，扒开外皮才发现，又是没长成的高粱穗，它青白的种粒好像挤成一团的小眼珠，在无辜地望着我，责怪我又毁了农民伯伯的一棵好庄稼。据说，高粱穗这样被扒开以后，就没有机会再继续生长了。

因此，我的确曾是一名高粱杀手。

当然，我也从没放弃一次又一次地向高手请教，有人说乌米是歪把子，有人说乌米比高粱小一号，但这些对我并没有什么帮助。我倒觉得，他们是凭直觉，一下子就能准确地认出乌米来。通过打乌米这件事，我开始相信，这个世界上是有所谓天才存在的。

这样，每一次偶尔打对，我都会自认创造了一个小小的奇迹。青穗一握在手，我会先从头到尾轻捏一遍，如果该硬的地方果然硬，我的心跳就开始微微加快。然后，从剥开深绿色外衣的一刻起，我的呼吸将变得急促。接着出现在眼前的，是一层月白色的嫩膜，仿佛一件轻薄的内衣。这时我会长吸一口气，不让自己表现得像一个性急的新手，直接粗暴地把人家的小衣撕破。我要找到嫩膜的接缝处，扯住一角，轻轻掀开，慢慢露出细腻的肌肤。那是一种独特的白皙，将让我的呼吸暂时停止。

我一直觉得，乌米的白，几乎没有任何东西可以比拟。纸的白，太干枯；雪的白，太清冷；豆腐的白，太素淡；凝脂的白，又太过油腻。莲藕的白或许接近一点，可又显得光滑有余，不如乌米那么略微发滞，有一种想把你的手留住的无害贪心。

乌米可能也知道自己非粮非菜的僭越地位，因此在味道上表现得极为内敛，有微甜，有微香，但都不过分。咬一口，横断面上会有密密的黑点，这实际代表了一条条的黑丝。就是它们的存在，让你咬下每一口都能体会到粉尘冲撞的异物感。这时，你才会从一时迷醉中惊醒，毕竟，它不是家常的作物，而是一种高级的病变。

根据我的经验，乌米生吃，口味最佳，做成菜反而非驴非马，因为它与任何调料都不搭。不管是盐还是酱，或者酱油，对一切加咸的东西，它一概采取拒绝的姿态。葱姜蒜与糖酒醋，也只能附着于它的表面，无力深入它的内里。而且，不管是急火煎炒还是慢火煮炖，它都保持一副不为所动的样子，让你全然感觉不到熟与不熟之间，到底有什么差别。

实际上，乌米的寄主，也有玉米和穈子，但最常见的，还是高粱。高粱古名"蜀黍"，曾是北方主要粮食作物。明代以后，玉米越洋而来，开始逐步蚕食高粱的地盘。论产量，高粱比不过玉米；论营养，它又比不过水稻。可能正是这种尴尬的"老二"地位，让它最终失去了主粮的资格。玉米又名"玉蜀黍"，即像玉一样的高粱。可是你看看，玉米哪一处长得像高粱？命名者如此强拉硬扯，大略是出于歉疚之心，以求抚慰被无情冷落了的高粱吧。

早年有一首著名的抗战歌曲这样唱道："我的家在东北松花江上，那里有森林煤矿，还有那满山遍野的大豆高粱。"到如今，森林已经禁伐，煤矿已经挖空，大豆日日承受着转基因同类的压迫，高粱也已退出了主粮队伍。要这样的东北免于经济困局，基本上是属于故意为难人吧？

有一天，看新闻里说，在吉林德惠，有专业生产乌米的合作社，播种面积达两千余亩。对此，我禁不住无限神往，试想，置身于一望无际的乌米海洋，对我这种当年的高粱杀手来说，该有多么强烈的疗愈效果！同时，我也难免会有小小的疑惑：种下健康的高粱，产出病变的乌米，这在技术上很容易实现吗？所谓播下龙种，收获跳蚤，今天终于能看到活生生的例证了。

最香

　　我记得很清楚，好朋友石勇太给我吃油沙豆时，是在胜利小学通向公路的那条沙土道上，左手边是供销社的泥围墙，右手边是粮库的砖山墙，每走三五步，路旁就长有一丛黑绿的蓖麻。

　　他当时神神秘秘地从裤兜里掏出一把小果子，浅棕黄色，像葡萄干一样皱巴巴的。我接过来，举在手上打量了一会儿，问："这是什么？"他说："是油沙豆。"因为从来没见过，我有点不放心。这小子，不会又拿什么怪味的东西来骗我吧？

　　他嬉笑着保证，这次真是好东西，并亲口吃下两颗给我看。我这才放下心来，选了三五颗，放进嘴里。还没等开咬，就能感觉到它们的硬脆；而且，它们看起来那么干瘪，可刚嚼了几口，大量奶白色的汁水就险些冲出我的嘴角。

　　然后它的香甜，一下子让我呆住了。

　　那是一种什么样的香甜呢？直到今天，我都感觉难以形容。这么说吧，你在十七岁时第一次对女孩动情，日思夜想间，把每一次刻意制造出来的偶遇都视为命运的暗示；或者，你在十九岁时第一次与亲爱的女生接吻，不是那种试探性的嘴唇轻触，而是实实在在的口舌相交；那么，我就告诉你，我在十一岁时第一次吃到油沙豆，也正是与此级别相同的人生重大甜蜜事件。

相比之下，花生也香，但不够甜。大枣也甜，但不够香。板栗香甜，但香不够，甜也不够。而核桃呢，又油性太大，在香之中，总是隐含有苦。只有油沙豆，才真正把香与甜，结合到了完美的程度。

我之所以这么多年还能准确记住"油沙豆"，是因为有一种与它名字相似的"油茶面"，几乎同时出现在我的生活中。如今想来，油茶面应该是一种用动物油炒熟的小麦粉。寒冬腊月里，半夜饿得睡不着，母亲就用开水给我冲一碗，端到炕沿上，我趴在被窝里一口接一口吞下去，那种滋味，比什么山珍海味都好吃一百万倍。

蹊跷的是，在整个一生中，那一次之后，我再也没有遇到过油沙豆。问过老家的很多同学和朋友，没有人知道它，更别提看过或吃过了。那么，石勇太当年是从哪里得来的呢？转眼间，与石勇太失去联系已经三十多年，我没有机会向他当面求证。但即使有机会求证，他还会记得吗？

多年以后我才知道，油沙豆这种东西是真实存在的，又名铁荸荠，或洋地栗，也叫地下核桃，原本野生于非洲东北部和地中海沿岸，后来被西欧和俄罗斯驯化种植。而在日本，油沙豆被称为虎坚果，一些爱美的妈妈桑相信，吃了它，可以增强皮肤弹性。只是，油沙豆有一个短处，就是包皮过紧，非常不容易脱掉。也许正因为这一点，影响了它的大面积推广和大规模食用。

有一则老新闻的内容，有可能助我部分解惑，一九五二年前后，黑龙江曾经从苏联引种过油沙豆。也许，我当年吃的，正是这次引种的结果。要知道，石勇太的家是朝鲜族，他们就像不断在欧洲和美洲大陆漂移的犹太人一样，素来热爱四处迁徙，因而总是能给人们带来各种新奇的物件和远方的消息。

那年夏天的一树榆钱

把榆钱列入野菜队伍肯定是不通的，可是，也不能把人家当成粮食，那么，就只好说它是零食了。

在我即将上高中的那年夏天，东院邻居家大哥李鹏飞从外地回乡探亲。我明明知道李鹏怀去姜家街他大姐家了，但还是以找他为借口，一趟一趟推开他家的门。最后，应该是鹏飞大哥看出了我有什么话要说，拉住我悄悄地问：有事？我就涨红着脸嗫嗫嚅嚅地说了，大概的意思是：一个乡下孩子，咋样才能考上大学？

记得当时鹏飞大哥眼睛一亮，歪头打量着我说：这个野小子长大了。

他说得没错。从上小学开始，我每天放学回到家，领着小伙伴们不是上山挖野菜，就是下河捞蛤蟆，要不然就是村前村后南甸子北甸子四处飞奔抓特务。上课听听讲，考试前突击一番，成绩一直都不错。可到了初中，我还是完全不知道放学回到家里也要学习这回事，所以成绩一直不太理想，最后勉强才算考进了高中。这样一个野小子，在那个夏天里，确实开始有心事了。

当天傍晚，鹏飞大哥领我爬上了村西头的一棵大榆树。太阳刚刚落山，蚊子飞不上那么高，我们边吃榆钱边聊天。他主要给我讲了一些学习方法和学习技巧，比如历史，不能一味看书，隔一段时间要把读过的内容在脑子里过一遍电影，没记住的，再去看，效率特别高。这个方法，是让我终身受益的。不过，养成习惯以后，躺在床上凡事过电影，容易失眠，这种副作用也是有的。

学习之外，他还讲了些自己的故事，比如第一次坐飞机不敢上厕所，憋得满头是汗，同行的同事硬把他推了进去。另外，他告诉我，城市街道上有马葫芦盖，下雨天有些会被冲走，一定要小心，万一没注意一脚迈进去，就没命了。事实上，相比学习经验，他讲的那些闲话，更让当时的我激动。现在想来，那应该就是来自外面世界的一种召唤吧，被我听到了。

至今还记得，那年夏天的一树榆钱，无比繁盛。

我不会说，是鹏飞大哥的一席话，一举改变了我的人生与命运。没有那么简单。想一想，至少在高中阶段，就有很多幸运，被我不早不迟地遇到了。比如说，英语老师景亚文，从字母开始教起，用三年时间，领我们生生追上了其他人六年的课程，这就是奇迹。再比如说，在那样一所被视为"三类苗"云集的学校里，同学李维和、刘凤英、张霁波，以及张志学、屈海峰、王成宽、宋田伏、梁文福、郭瑞民，还有高兴文、王忠武、刘忠材、郑威和曹兆才等，个个心怀梦想，勤奋正派，我们结成了一个共同上进的小团体，互相帮助，互相激励。

不过呢，鹏飞大哥的那些话，确实是撬开我心智的第一把钥匙，也是我一连串幸运的第一根线头。榆钱，就是最好的证人。

以后，每个周末从学校回家，我都习惯去大榆树下坐一坐。听榆叶哗哗作响，看流云在树尖轻轻飘移，这对我，是最好的休息。从那时起，我就产生了一个疑问，直到今天还没有解开：从来没见过榆树开花，难道说榆钱是凭空长在树枝上的吗？

榆钱最嫩时，我会采下一书包，拿回家，央求母亲给做吃食儿。母亲最拿手的，就是把榆钱与玉米面混在一起蒸发糕。榆钱的甜，最能引出玉米的清香。那时，慢慢懂事的我，爱听母亲回忆过去的经历。每次吃榆钱，她都会讲同一件事，说她怀我的时候，生活困难，粮食不足，她可没少吃榆钱发糕。我一般接口说，还没出生，我就已经尝过榆钱的滋味了，所以到现在还爱吃。这时母亲会走神片刻，眼睛望向不远的虚空处，轻声感叹：那个时候，一天天的真是饿啊。

作家刘旭东在《吾乡食物》中说，常见的杨树、松树、柞树、桦树皆不可食，只有榆树，全身可食。以榆钱为食必是荒年，以榆叶为食必是灾年，而以榆皮为食，必是大难之年。因为一旦榆树浑身上下全被吃光，下一步就要吃人了。

槟榔美女谁先尝

宋代文言小说《鹤林云露》写槟榔的四大功效，读来颇为顽皮有趣。

其一是，醒能使之醉。就是说，吃槟榔与喝酒相差无几，有些体质敏感的人，会两颊潮红，神情恍惚。其二是，醉能使之醒。真正饮酒过量者，大嚼一通槟榔，又能宽气舒窍，解酒提神。其三是，饥能使之饱。饿的时候吃槟榔，一股热气在胸腹间游走，会让你不由自主地打饱嗝。其四是，饱能使之饥。饭后，来一枚槟榔，有助消化，又会让你迅速期待下一顿美餐。

四大功效，既相互矛盾，又自圆其说，几乎把槟榔奉为了神物。也正因此，我老早就下过决心，去了台湾，一定要尝到槟榔。

那天在宜兰县兰阳博物馆左近一家海鲜庄吃午饭，等菜间隙，我溜到旁边一家小店，花五十元新台币买了一小包槟榔，共有十余枚青果。欢欢喜喜捧回饭店，坐定，跃跃欲试。同行的台湾朋友詹老师对槟榔不在行，没办法给我提供有效指导，于是建议我请教饭店老板娘，先把吃法搞清楚再下嘴。可是，老板娘也从来没有吃过，只好高声喊出老板来，让他教我。

老板古道热肠，好为人师，他说既然是第一次吃，承受力差，就必须把包青果的槟榔叶撕掉一半，否则太冲劲，会受不了。第一口咬出来的汁水呢，一定要吐掉，他解释说其中含有什么特殊物质，我也听不太懂，反正不可以咽下肚就对了。我按他的指示如法炮制，把一枚槟榔奋力大嚼了三分钟。没什么感觉。即使有，也像是在嚼一团木屑。于是等到第一盘菜上桌，我就悄悄吐掉了，假装什么事儿都没发生似的，拿起筷子，吃饭。

第二次试吃，是在由垦丁开往花莲的旅游车里。窗外，太平洋的景色看腻了，旅途开始变得漫长无聊，于是又打起了槟榔的主意。这一回，我用一整片叶子包住青果送进了嘴。一口咬下去，浓浓的汁水激出来，我想吐却没地方吐，只好硬着头皮咽下去。微有辣涩，尚在我的承受力范围之内，而期待中的那种强刺激，或者说我隐隐盼望的那种迷幻感，并没有出现。

我发现了，那种辣涩味，主要来自槟榔叶，于是果断地往嘴里追加了两片。这时又发现，传说中嚼槟榔满嘴血红的红，也来自叶子。只是这种红，距离把牙齿染黑，好像还差得很远。我不知道问题出在哪里，不会是我买了假的槟榔吧？明代学者丘濬在《赠五羊太守》诗中云："阶上腥臊唉蚬子，口中浓血吐槟榔。"我到台湾，就是想追求一次这种境界啊，可惜未得。

早年间，我们常唱这样一首台湾歌曲："高高的树上结槟榔，谁先爬上谁先尝。"原以为这只是在单纯咏唱生产劳动，没想到，在台湾，如果联系起槟榔妹的话，歌词里还隐含有情色的意味呢，谁先上，谁先尝嘛。

　　一直耳闻，台湾大小城市的槟榔妹，衣着清凉，作风大胆，尤其擅与长途货车司机打情骂俏，是为一景。可在台北，在高雄，在台东，我都没有发现槟榔妹的踪影。老同学郭瑞民游过台湾，在电话里安慰我说：到花莲就可以看到了。我信他。可到了花莲，放眼街头各类槟榔小店，守摊的小妹个个制服得体，表情严肃，莫非是我没有找对地方？

　　在台湾，槟榔不仅是零食，而且还可以入菜，比如阿美人著名的"十心菜"，包括槟榔心、月桃心、芒草心等，据说全是野菜的嫩心，放在一起煮。光听名字，这道菜就十分令人向往了，如果再去台湾，不知有没有机会尝尝。

　　在台北旅游名胜军舰岩下的阳明大学院内，我特意找槟榔树仔细观察了一番，结果发现，上海掌故大家郑逸梅先生对槟榔树的描写还真是传神："树高四寻余，皮似青桐，顶端有叶，叶作锯齿状，敷舒成荫，风至摇动，如举羽扇。"这里的寻，是古代长度单位，一寻为八尺。

吃虫瘿记

　　现在我要写一种吃食儿，可能引起一些人心理不适。因此，在饮食问题上联想过于丰富的人，以及对非正常食材过于敏感的人，敬请绕行。当然你也不必误会，以为我要写如何吃虫子。一本野菜书，如果大肆渲染虫子的吃法，那就属于严重跑题了。因此，请放宽心，我要写的，只是吃虫子的窝。

　　如果在乡下生活的时间足够长，你会注意到，有时一些树的叶片上长出一个一个泡囊状的小袋，细长椭圆，一般是老红色，与农民伯伯经风吹日晒后浮现在两颊上的红晕相似。如果你有兴趣考一考那些对乡村和植物全然陌生的城里人，他们十有八九会错认这些小红袋是花骨朵。但实际上，它们是一些虫子为后代安的家，我们习惯叫它"虫子包"，学名则为虫瘿。

　　比如榆树，就被一种对人体无害的四脉绵蚜给承包了，这种虫子繁殖与成长的过程复杂精致，漫长多艰，一会儿变卵，一会儿变爬虫，一会儿变飞蛾，其中的一个环节，就需要在榆叶上为幼虫建窝。这个窝非常重要，一方面可以给宝宝遮风挡雨，另一方面也会起到盾牌的作用，防止宝宝被无情的天敌一口一个地吃掉。

这种会搞瘿的虫子，被专家称为"造瘿者"。造瘿者绝不会像燕子一样，自己衔泥盖窝；也不会像蚕一样，自己吐丝结茧。它们用多种招法诱导植物不正常生长，形成膨大结构，这就是虫子包。第一种，是它们在把卵产在树叶或树枝上时，释放雌性激素，刺激植物变态增生。第二种，是宝宝在啃食树叶时，自己释放一种分泌物，从而诱导植物错误生长。就是说，最后，这个所谓的虫瘿，完全是植物为虫子做出的无回报奉献。

因此，必须承认，虫子的天然高明，超出人类的想象。虫与树如此独特互动，实在让人忍不住感叹造物主的神秘大能。英国博物学家威尔逊说：即使是路边的杂草或者池塘里的原生物，也远比人类发明的任何装置要复杂难解得多。

小心翼翼地撕开虫子包，里边有淡绿色半透明的细小蚜虫。用手轻轻把它们抹去，剩下的一张薄皮，就是我们喜爱的零食。口感脆韧，酸中微甜。但我们只吃榆树叶上的虫子包，因为榆树温和，叶子本身都可以吃，所以虫子包的味道也与榆叶接近。而杨树上的虫子包就不行了，会像杨树叶子一样发苦发涩。从来没有老师和家长告诉我们虫瘿不能吃，他们也根本不可能知道我们一直在吃。这种秘密，就代表了乡村生活的最高自由度。

说起来，我们吃虫瘿，似乎也并不奇怪，因为据史料记载，在小亚细亚，人们也有采集橡树虫瘿当补品的习惯。说到小亚细亚，我们往往并不清楚到底指哪里。如果你手边有地图，就可以看一下，它是亚洲西南部的一块风水宝地，北临北海，西临爱琴海，南濒地中海，东接亚美尼亚高原。圣经中的伊甸园在这里，世界三大宗教的发源地在这里，抢木马的特洛伊战争发生在这里；马其顿的亚历山大大帝，也曾把这里当成纵马驰骋的战场。总之，两河流域的思想、爱琴海的信仰、美索不达米亚的文化共同燃起熊熊火焰，让这里成了一块神奇的土地，成了人类文明最重要的发源地之一。就是这里的人，和我们一样，喜爱吃虫瘿。

据专家说，几乎所有的树，都可能结虫瘿。海南有一种蚊母树，最招虫子喜欢了，它的树叶上经常挂满虫瘿，堪称"硕果累累"。到了一定时候，幼虫成熟羽化，会咬破虫瘿，从树上大群飞出。古时候，人们对这种奇特的现象观察不细，了解不深，以为是大树本身生出了蚊子，所以把这种树称为"蚊子的母亲"。

蚊子是生在水里的，古人对此不知情，于他们而言，动物与植物跨界繁殖，似乎并不存在什么理解上的困难。笃信奇迹，他们一向比我们来得轻松，因为和他们相比，我们早已失去了最浑朴的赤子之心。

后记

本书部分篇章为《广州日报》专栏文字，感谢孙珺编辑，她作为实践派美食家，为本人的写作提供了帮助。感谢半夏先生的大力引荐，感谢林贤治先生的充分信任，感谢花城出版社邹蔚昀编辑的热情工作。

需要说明的是，本书所引用的资料，均已在行文中交代具体出处，故不再单独列出参考书目。另外，书中分别提到两位"李鹏飞"，这纯属巧合，并非笔误。